皇后は闘うことにした

林 真理子
Hayashi Mariko

文藝春秋

目次

装画・挿画　松山ゆう
装丁　大久保明子

皇后は闘うことにした

綸言汗の如し

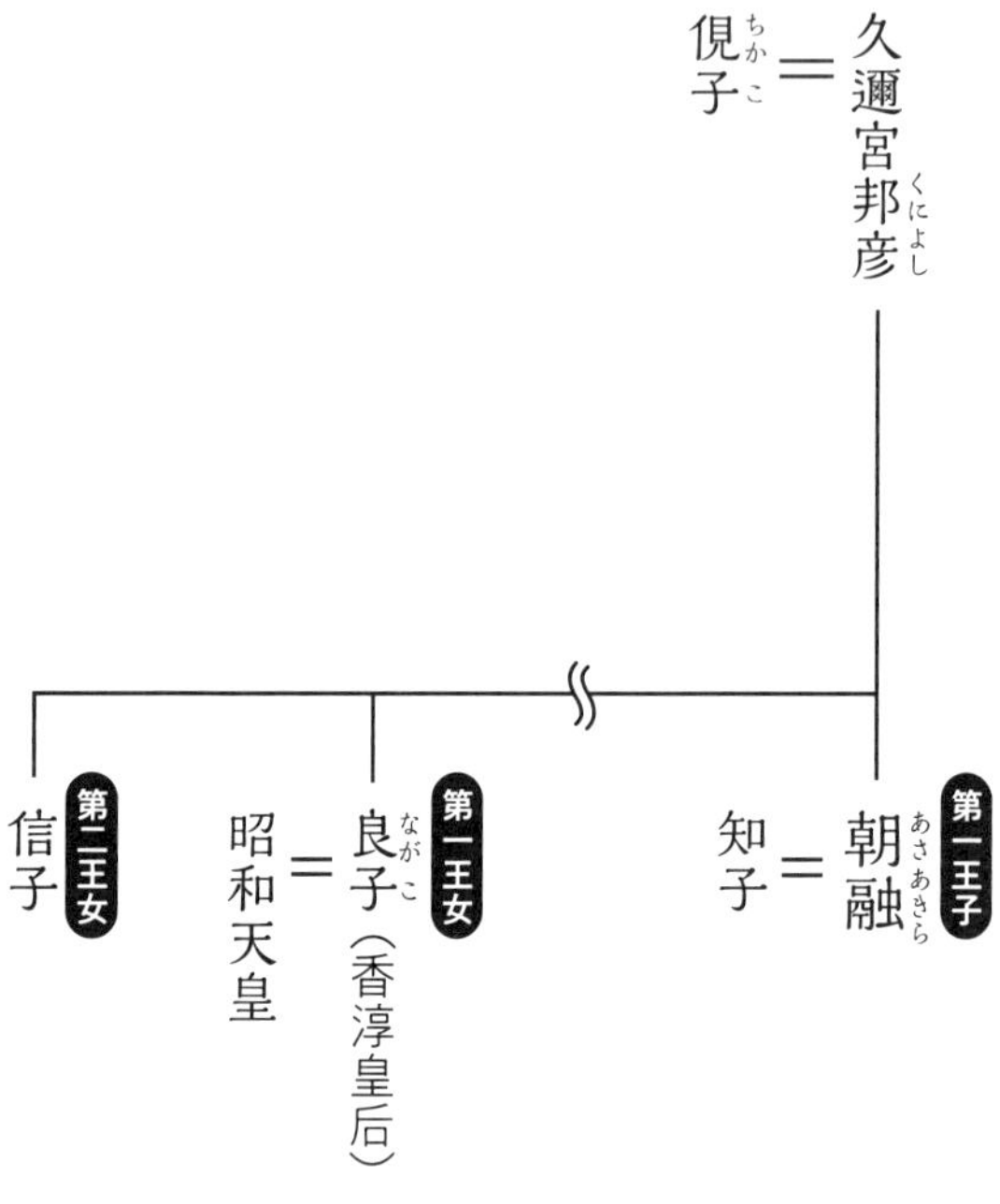
久邇宮邦彦《くによし》
俔子《ちかこ》
第一王子
朝融《あさあきら》
知子
第一王女
良子《ながこ》
（香淳皇后）
昭和天皇
第二王女
信子

大正十一年のその日、渋谷宮代町《みやしろちょう》にある久邇宮《くにのみや》邸は深い喜びに包まれていた。長女である良子《ながこ》女王の皇太子妃決定に、やっと天皇の勅許が下ったのである。

「なんと有難いことであろうか」

父の邦彦《くによし》王は涙を流しながら、邸の奥深くにある霊廟に向かい頭《こうべ》を垂れた。

ここに来るまでに、なんと四年の歳月がかかったのである。

良子が並いる競争相手を勝ち抜き、皇太子妃内定の御沙汰が下ったのは、今から四年前のことだ。宮内大臣からの文書を、久邇宮邦彦王と俔子《ちかこ》妃は恐懼《きょうく》して受け取った。

最終的に良子を妃にと決めたのは、皇后と言われている。お体の弱い天皇陛下を助け、四人の皇子をあげられた皇后は、大層聡明なことで知られていた。皇后は学習院の女学部をたびたび訪れ、これぞと思う姫たちを注意深く観察されたのだ。

良子は美しく、気品高いものごしの少女であった。成績や素行も問題ない。天皇も了解され、何よりも皇太子が喜ばれた。皇太子と良子とは、学習院の幼稚園時代、一緒に遊んだ思い出を持つ。仲よくおやつを食べる幼な児たちを見て、

「このお二人は、将来ご縁があるような気がする」

と女教師が言ったという逸話は後に流布されることとなるが、十八歳の皇太子はこの時から、ご自分の部屋に「婚約者」である良子の写真を飾った。十六歳の良子はおすべらかしに結い、雛人形のような典雅な目鼻立ちだ。皇太子は、ご婚約が揺れ動く時も、この写真をはずすことはなかったといわれる。四年の間にはさまざまな困難があったが、本日正式な婚約となったのだ。

「良さんはこれからは、殿下第一に毎日をお考えになるのですよ。立派な皇太子妃になるよう、今まで以上に努力なさらないと」

俔子妃も涙を拭いながら良子に語りかける。良子も感極まっているに違いないが、あからさまな感情を見せることはない。言葉短かく両親への礼を言い、庭に出ていった。灌木の間から髪のリボンが見え隠れする。それを二階の窓から、兄の朝融王《あさあきら》は見ていた。

あのリボンは何色であろうか。

桃色であろうか、水色であろうか。いや、自分にはその桃色というものがどういうものかわからない。言葉として知っているだけだ。色覚障害者の彼にとって、幾つかの色は茶色にしか見えないが、それはたいしたことではなかった。自分は不便を感じたこともないし、それで何かことが起こったこともない。

それなのにこの二年あまり、日本中を賑わせた大事件の原因には、自分も関係しているのである。

一昨年の春、学習院の生徒たちの身体検査が行なわれた。その結果、久邇宮家の三男に色覚異常が見つかったのだ。久邇宮俔子妃は島津家の出身で、かの久光公の孫にあたる。どうやらこれは島津家から伝わっているらしいという検査結果が、医学博士から軍医、軍医から軍医総監、そして山縣有朋《やまがたありとも》に伝わった。

山縣有朋。

朝融王は舌うちしたいような気分になった。山縣有朋は言うまでもなく維新の立役者の一人であり、元老として未だに強い権力を持っている。彼は身体検査の話を聞くと驚きおののいた。久邇宮家の女王である良子は、もうじき皇太子妃になる。このままいくと、貴い天皇家に色覚異常の血が入ってくるのだ。

なんとかして阻止しなければならない、という彼の決意が、単に愛国心からだけかというと、大いに疑わしいと朝融王は考える。

それは山縣が長州出身だから、ということだけではない。もともと山縣は宮家に対して、あまりいい感情を持っていないのだ。

江戸時代末は四家しかいなかった宮家であるが、維新のごたごたの際、為政者は寺に籠もっていた宮家生まれの僧たちを還俗《げんぞく》させた。その一人が朝融王の祖父である。彼らはまわりの女たちに次々と子どもを生ませ、その王子たちがいくつもの宮家をつくり出している。

山縣という政治家は、天皇を祭り上げることには賛成しても、そのかわりにわらわらと増え続ける宮家に対しては懐疑的であった。

それなのに明治帝は、おそらく顔の見分けもつかなかったであろう、自分の四人の内親王のうち三人の嫁ぎ先として、宮家の長男以外の息子たちにも新しい宮家を創設させたのである。本来だったら公爵や侯爵あたりに臣籍降下するはずだった彼らである。

「これ以上宮家を増やしてはならん」

と山縣が公言していたのは有名であったから、宮家に連なる人々は皆彼のことを嫌っていた。

その彼が久邇宮家に対して、これほどの反旗をひるがえしたのは、長州閥と薩摩閥との争いという者も多い。山縣はあの手この手を使い、良子の父邦彦王に婚約辞退を迫ったのである。

しかし邦彦王は負けてはいなかった。邦彦王は、幕末政争に暗躍した父・朝彦《あさひこ》親王の血をひき、かなり過激なひと癖ある宮とまわりでは見られていた。

王はまず皇后に婚約履行を訴える文書を出し、そればかりかそのことをあちこちに言いふらした。これに対して皇后のお怒りはひとかたではなかったという。

このあとは新聞や政治家を巻き込んでの大騒ぎとなったのである。かつては皇太子に倫理を教え、良子の妃教育の師であった杉浦重剛《すぎうらじゅうごう》は宮内省に向けて、

「もしご内定のご婚約を破るとなれば、良子女王殿下は自殺するか、尼になるしかないではないか」

と必死に訴えた。そしてまわりが「色盲の遺伝」という事実に恐れおののき始めた頃、邦彦王はさらに皇后に揺さぶりをかけた。

「『綸言《りんげん》汗の如し』と言うではありませんか。もし破談となるなら、娘を殺して私も死ぬ」

これは当然裏目に出て、皇后はこの不敬な宮にすっかり嫌気がさされたようであ

った。

が、その後の父の行動を朝融王は知っている。邦彦王は右翼の頭目に金を渡し、怪文書をばらまかせたのだ。これによって皇太子の御婚約の不祥事は世間にあからさまとなった。人々は婚約破棄を迫られている可憐な乙女にすっかり同情し、山縣有朋は悪者という立場を背負わされた。

最後は、総理大臣原敬《はらたかし》が乗り出し、宮内大臣が辞任する形で、今日の晴れの日を見たのである。

朝融王はさらに重大な秘密も知っている。父が怪文書をつくらせた右翼の連中に、さらなる謝礼を求められて用意したことをだ。

そもそも宮家は、世間で言われるほど金を持っていない。特に久邇宮家は、お手元が苦しいとされている。年に宮内省から貰う歳費は五万円である。久邇宮家は、良子が皇太子妃となるのを予定して、宮代町に邸を新築した。その借金も、嫡子《ちゃくし》である自分にのしかかってくるはずである。

これならば、同じ皇太子妃候補でありながら、韓国の王太子に嫁いだ梨本宮方子《なしもとのみやまさこ》女王は賢い選択をしたのかもしれない。なにしろ韓国王室には皇室に次ぐ歳費として、年間百五十万というケタ違いな金額が渡されている。そのうえ本国から、不動産や株の莫大な収入があるというのだ。

王太子は背が低く、ぼってりと太って福助そっくりの容貌だ。それでも夫婦仲はよいと聞いている。

朝融王は淋し気な白い花のような方子を思い出した。同い齢の従妹ということになり、あの娘をもらってもよかったのだが、自分は早いうちから他の娘との婚約がささやかれていたのだから仕方ない。全く惜しいことをしたと考えたとたん、朝融王はため息をついた。自分ぐらいついていない男はいないのではなかろうか。

今彼は深い憂いの中にいる。それは妹が皇太子妃に決まったと聞かされても、到底晴れるものではなかった。窓に目をやる。

松の木を背に、リボンが行く。何色だかわからないリボン。


朝融王がその少女を見初めたのは、まだ彼女が十三歳の時であった。

赤坂離宮で毎年開かれる観菊祭は、両陛下もおでましになるものの、ごくくだけた内輪の会である。ベルサイユ宮殿を模した宮殿の庭には、皇居から運ばれた菊鉢が並べられている。そこでくす玉模様の、大振袖姿の少女は大層目立った。真白い肌に切れ長の目という古典的な美貌ながら、晴れやかな笑顔やたっぷりとした髪の様子が、どことなくモダンな雰囲気をかもし出している。

「なあ、のんさん」

傍にいる妹の信子《のぶこ》女王を振り返った。

「今、白菊を眺めているあの方は、いったい誰なんだ」

「酒井《さかい》菊子《きくこ》さまよ、私と同じクラスでいらっしゃるわ。お綺麗でとても人気があるのよ」

「酒井か……」

十五歳の少年でも、あらかたの華族の系図は知っている。酒井家は旧姫路藩藩主で、維新の後は伯爵となった。

妹の友人などまるで気にとめなかった朝融王であるが、それからは注意深く様子をうかがうようになった。

庶民の娘とは違い、宮家に華族の娘たちが遊びにやってくる、などということは極めてまれである。それでも雛の節句や七夕といった折に、信子の級友たちが訪れることがあった。

縁側や食堂から、少女たちの笑いさざめく声が聞こえると、あの中に菊子が混じっているのだろうかと彼は思いをめぐらす。

ある日、ついにたまりかねて信子に手紙をことづけた。

「これを酒井菊子さんに渡してくれ」

「まあ、お兄さま」

信子は目を見張った。

「こんなことが知れたら、私は先生に叱られてしまいます」

「だからこっそり渡せばいいのだ」

「もしお返事がなくても知りませんよ」

四度めにやっと返事がきた。鳩居堂の白い便箋に短かい文章が綴られていた。

お手紙ありがとうございます。ピアノが上達しないので、家庭教師に叱られております、といった他愛ないものであるが、それでも手ごたえを感じた。

何度かやりとりがあった後、なんとか会うことに成功した。菊子が久邇宮邸にやってきて、信子と二人でピアノの連弾の練習をする、という名目だ。

かねての打ち合わせどおり、信子が少しだけ席をはずしてくれた。菊子についてきた、酒井家の女中も別室にいる。

学習院中等科の制服を着た朝融王は、静かにピアノに近づいていった。肥満した体軀の父邦彦王と違い、彼は母親似のほっそりとした美男子である。

「よく来てくださいましたね」

菊子は目を伏せた。初めてこれほど近くで見たが、驚くほど長い睫毛だ。それが頬に淡い影をつくっていた。

「ずっとあなたに会いたかったのですよ」

彼はそう言って少女の手を握った。もちろんそれ以上のことはしない。しかしそれで充分であった。この日から二人は相思相愛となり、朝融王から熱い思いを綴った手紙が、信子の手によって届けられるようになったのである。

酒井家で娘のこうした行動について、気づかなかったはずはない。宮家の嫡男との縁談は、まだ存命だった父親のぜひ進めるべきものという思惑があったのではなかろうかと、朝融王は次第に深読みの沼の中に入っていくのである。

婚約したのは大正六年、朝融王が十七歳、菊子が十五歳の時である。次の年には勅許も下った。

この婚約は世間を大いに賑わせた。なぜなら大正のこの時代となると、貴き人々の序列もはっきりしてきた。宮家は、皇室に次ぐ雲の上の人たちとして認識されるようになったのである。

宮家の嫡男は、自然と宮家と縁組みすることが増えた。華族であったとしても上位の公爵、侯爵の娘である。それが伯爵の娘が、久邇宮家に嫁ぐのである。しかも恋愛結婚で、美男美女の組み合わせであったから、年頃の令嬢たちは胸をときめかせた。

まるで小説のようなことが本当に起こったのだ。菊子の写真は毎月のように「令女界」などのグラビアを飾る。

が、この半年というもの、朝融王の心は晴れない。もやった気が胸の中に巣喰い、深く考えようとすると息が詰まりそうになる。

原因はただひとつ。

「自分は好きでもない女と結婚しなければならないのか」

ということなのである。正しくは、

「かつては好きであったが、今は全く好いていない女と、自分は結婚しなくてはならないのか」

という問いなのだ。

父の邦彦王は言った。

「今は行動を起こす時でない。やっと良子の婚儀が決まったのだ。決して早まるのではない。わかっているな。すべてのことは良子のことが済んでからだ」

わかっていると朝融王は答えた。見た目はまるで違っていたが、この父子は性格がよく似かよっていた。

幸いなことに、今のお前は江田島の海軍兵学校の生徒だ。菊子嬢と会わなくても不自然ではない。わかるな、決して早まってはいけないのだ。


良子の結婚準備は着々と進められた。婚約の決まった一ヶ月後に、皇太子は欧州訪問の旅に出たが、半年後に帰国した。成婚の儀はもうじきである。

が、大正十二年九月一日のこと、朝融王は江田島の寮のラジオががなりたてているのを聞いた。東京に未曾有の大地震が起こり、首都は壊滅したと。

こうした時、やはり宮家は特別扱いで、王は上官から家族と邸は無事であることを聞いた。俔子妃と良子女王、妹の信子女王の三人は赤倉で避暑の最中だったのである。

しかしその年の十一月に予定されていた皇太子成婚の儀は、十三年の一月となった。地震による心配ごとが少しずつ晴れていくと、朝融王の思いのいきつく先は菊子のこととなる。

「これでまた悩む日々が長くなったではないか」

酒井家からは丁重な見舞いがあったが、久邇宮家ではそっけなく応えていた。あちらもすべてのことは、良子女王のご成婚が済んでからと考えているようである。

「いい加減気づかないものか」

と、朝融王は苛立ってくる。自分の不実さについて、菊子は何も感じないのであろうか、鈍感な女だ。

とにかく来年に延びた成婚の儀であるが、決してその間ことを起こしてはいけないと自分に言い聞かせる。

成婚の儀の朝、良子は夜明けと共に起き、入浴を済ませ、生まれて初めての濃い化粧をした。そしてこれまた初めての十二単衣《ひとえ》を身につけた。平安時代そのままの装束である。かなりの重さであるが、良子は凜として前を向き進む。その姿には威厳が溢れていて、

「さすが良子さま」

と家の者たちはみな涙を流していた。みなここにくるまで、どれほど苦難があったかということを知っている者たちだ。久邇宮家は、何度も辞退を迫られ、一時はご成婚を諦めかけたこともある。しかし父の邦彦王がどんなそしりを受けても、良

子女王を守り抜こうとしたのだ……。

社寺建築を取り入れた久邇宮邸の玄関から、たくさんの女たちに守られ、良子は一段一段と階段を降りていく。女たちは宮中から遣わされた女官たちである。これから良子はこういう女たちにかしずかれる身の上になるのだ。

やがて儀仗兵《ぎじょうへい》に守られた車は皇居へと向かっていく。沿道には多くの人々が詰めかけていた。許されて最前列にいる老人たちは、みな土下座をしてこのきらびやかな行列を見送った。

後ろの車から朝融王は、万歳をくり返す民衆の熱狂を見ていた。妹がいかに渇仰《かつごう》されているかをつくづく知った。自分の妹が皇太子妃になり、いずれは皇后になる。そして自分は天皇の義兄となるのだ。朝融王はおそらくこの後に起こるに違いない、自分にまつわる醜聞を考えて、かすかな身震いをした。

しかしそれがなんだろう。

天皇の義兄となるべき自分が、どうして好きでもない女と結婚しなくてはならないのだろうか……。

御成婚の儀から一ヶ月もたたないうちに、息子から相談を受けた邦彦王は行動を起こした。久邇宮家を担当する宮内省官僚国分《こくぶ》三亥《さんがい》を呼びつけたのだ。そこで酒井家との縁談を解消したい旨話した。

「嫡子である朝融王は全く結婚する意志はない。このことはよく考えた上でのことだ。もっと早く言うべきであったが、良子殿下のご成婚があり今まで控えていたのだ」

ここまで待ってやったのだという、恩着せがましい言い方に国分は驚愕した。

「そのようなことをなぜおっしゃるのか。結婚する意志がないとは。夫婦というのは一緒になって、初めて情がわいてくるものではありませんか」

「しかし朝融は、好きでもない女と結婚するのは絶対に嫌だと言っている」

「こ、これは異なことを」

国分はあまりのことに吃ってしまった。

「こ、この世に相思相愛で自由恋愛の末、結婚する男と女が何人おりましょうか。た、たいていの者が親の決めたとおりの相手と結婚するのがふつうではありませんか」

国分にしても司法省法学校在学中に、故郷の親が見つけてきた素封家の娘と結婚していた。挙式の前に三、四度会ったぐらいである。

「ま、ましてや皇族といわれるお方は、好きだ惚れたでご結婚なさるものではありますまい。お、お家がお決めになり、そして国家のためになる縁組みを選んだはずです。そ、それが、好きではなくなったから破談にするなどとおっしゃるのは聞いたこともありません」

しかし邦彦王は頑強であった。

「とにかくこの縁は朝融が絶対に承知しないのだ」

の一点張りだ。思い余った国分は、父邦彦王と朝融王に次の日会うことにした。海軍兵学校を卒業した彼は、今や凜々しい海軍少尉である。今は胸につけていないが、勲一等旭日桐花大綬章をもらっていた。

彼も最初のうち、のらりくらりとかわしていたが、やがて意を決したように語り始めた。

それは良子への勅許が下される半年前のことになる。邦彦王は宮内省の役人からある噂を聞いたのだ。噂の出処は、酒井菊子の伯母の前田清子だというのだから、ことは俄然信憑性を帯びてくる。

前田清子は大正八年に病死した菊子の父、忠興《ただおき》の姉で、加賀前田家の分家、前田子爵家に嫁いでいた。酒井家は、秋子、菊子という姉妹だけで男子はいない。秋子の夫、忠正《ただまさ》が福山藩主阿部家から養子に入っていたが、当主としてはまだ若い。清子は何かと実家に出入りして世話をやいていた。

酒井家はもともと結核患者を多く出す家系で、秋子、菊子姉妹の母も、若い頃胸を病んで亡くなっている。そして父忠興が亡くなる前後から、秋子にもその兆候が見られるようになった。今はずっと療養生活をおくっている。

ということは、酒井家には若い養子の当主と、美しい義妹と二人きりということだ。いくら広い邸で使用人がいるといっても、これは非常に不自然なことではなかろうか、というのが清子の言い分である。

ある時使用人の一人が清子にささやいた。朝、忠正の部屋から菊子が出てきたのを見たというのである。まさかと思い、昔からの女中に確かめたところ、

「こんなことは、絶対に申し上げてはいけないと思っておりましたが……」

とひどくためらいながらも、夜半に忠正の部屋から確かに菊子の声が聞こえたというのである。

この伯母の話は、まわりまわって邦彦王の耳に届いたのであるが、父から聞いた朝融王がまず感じたことは、驚きや怒りではなかった。

「これで腑に落ちた」

というむしろ爽快さであった。

今まで自分の中に少しずつ溜まっていた異和感や嫌悪の謎がすべて解けたのである。この三年というもの、菊子はめきめきと美しくなった。それは婚約者としては喜ばしいことであったろうが、その美しさの中に、姫君らしからぬ下卑たものが混じるようになった気がするのだ。

菊子は着物だけでなく洋服も好み、最新のモードで雑誌に登場した。

「非常に快活な令嬢」

と記者も書いている。

菊子はよく笑うが、歯を見せた笑顔が朝融王には気に入らなかった。華族の娘なら、もっと慎ましやかに微笑するぐらいであろう。

華やかなと表現されるものが、いつしか艶で色っぽいに変わった。ちょっとした目のしぐさ、足の組み方、語尾がはねる媚びたような喋り方。

いちいち気に障ってくるようになったのである。

それより決定的なことは、初めて接吻した時のことだ。芸者の味を知っている朝融王であるから、処女であるはずの菊子を注意深く扱った。しかし菊子は初々しさを装っているものの、少し開いた唇と肩の動きが別のことを語っていた。

「初めてではないのかもしれない」

その時感じた疑惑を父には言いはしない。しかし彼は核心を衝くことを口走ってしまった。

「そういえば、心あたりがあります」

「そうか」

邦彦王は大きく首を横に振った。

「貞節に問題がある女が、この久邇宮家に入ることなど許されるはずがない。ああ、なんと怖しいことが起きようとしていたのだ。取り返しがつかぬことになる前にこのことがわかったのは、わが祖先のお力に違いない」

この父子の言い分を聞いた国分は、とにかく宗秩寮《そうちつりょう》の徳川頼倫《よりみち》総裁に相談した。宗秩寮は皇族、華族に関するさまざまな問題を審議する機関であるが、侯爵である徳川は本気にしない。

「天皇の勅許を得た婚約を、破談に出来るわけがないではないか。またあの久邇宮殿下がおかしなことを言い出したのであろう」

それでも国分は宮内大臣に訴えた。宮内大臣は牧野《まきの》伸顕《のぶあき》。あの明治維新の立役者、大久保利通の息子である彼は、父親の剛胆な性格を受け継いではいるが、大正時代の宮内省は充分に官僚的である。長く外交官も勤め、外務大臣も経験していた彼は、徳川総裁をはじめとする何人かの役人と相談を始めた。しかし全くらちが明かない。みんながみんな、この出来事に仰天し、破談などあり得ないと考えているからだ。

　勅許は文字どおり、天皇が裁可しお許しになったということだ。これに逆らう人間がいるとは想像も出来ない。

　しかし驚いてばかりはいられないので、まず調査が行なわれた。その結果、噂をふりまいている前田清子に、かなり問題があるのではないかという意見が出た。

　酒井家は当主が亡くなり、養子が継いだことで相続問題が起こっている。前田夫人は財産めあてに攪乱を企んでいるのではないか。あらぬ噂を立てられた菊子は被害者なのだ、というのが牧野、徳川たちが出した結論であった。

　徳川頼倫はこれらを携えて久邇宮邸を訪問した。彼の兄の長男は俔子妃の妹と結婚していたから、両家は縁続きである。維新の後、貴家同士で婚姻を進めた結果、多くの家はたいていどこかで繋がる結果となっている。

　といってもこちらは華族、あちらは皇族だ。徳川は注意深く態勢を整えた。この日邦彦王は、灰色の背広を着ていた。ワイシャツのボタンがはちきれそうなほど肥満しているので、ますます尊大に見える。

　徳川は久邇宮が、良子女王の「宮中某重大事件」に関し、どれほど怒り、不当なこととわめきちらしていたかを思い出した。彼が右翼を使い、山縣や宮内省を非難した怪文書をまいたことも知っている。どれほど隠しても、そんな噂は漏れ聞こえてくる。右翼の活動家がさらに要求した金で、後に洋行したことをまわりに自慢していたからだ。

徳川は言葉を選び報告する。

「そんなわけで、酒井菊子嬢は潔白なのですから、破談ということはあり得ませんでしょう。もしそんなことになったら、ご婚約から七年待っていた酒井家も黙ってはいないはずです。新聞にでも出れば、以前のような騒ぎになるやしれず、ひいては皇室の尊厳に傷がついたら取り返しがつきません」

これは良子の時に対する皮肉であるが、久邇宮には通じてはいないようである。

「いや、いや、貞操というものは疑いを持たれた時点で、もう失なっているのです」

「これは異なことをおっしゃる。それでは噂をたてられただけで、女性は汚点がつくとおっしゃるのですか」

「左様。女にとって貞操は命ですからな。命をおびやかされただけで、もうその女はおしまいでありましょう」

徳川はここで貞操問題を論ずるつもりはまるでなかったので、話を肝心のところに持っていくことにする。

「とにかくもう勅許は下されていますし、世間も知っているご縁談ではありませんか。それを今さら破談にするなどとは。これは仁徳に悖《もと》る行為でありましょう」

「しかし朝融は、たとえ結婚しても円満に暮らす自信はまるでないと言うのですよ。夫婦が円満に暮らせないことの方が、よほど仁徳に悖ることではないでしょうかね」

これには国分と同じように、徳川も驚愕した。破談の原因が「円満に暮らせない」からとは。

しかし徳川は国分と違い、華族であるうえに久邇宮とは縁戚であった。であるからして、もうひとつ踏み込んだ態度に出たのである。

「もはや、かしこきお方について申し上げるのは畏れ多いことではありますが、思い出していただきたい。今から四年前、良子女王がよからぬ噂を立てられ、破談を迫られた時、殿下はどうなさったか。『綸言汗の如し』と、皇后陛下に奏上したと聞いております。今、殿下は酒井家に同じことをなさるのか。『綸言』は陛下ばかりでなく、皇族であられる殿下にも使われるはずではありませんか」

邦彦王はやや眉を動かし、ふうーっと息を漏らした。そしてゆったりとした声でこう告げた。

「とにかく朝融は結婚したくないと言っているのですよ」

「そうは言っても……」

「この思いに誰が勝つことが出来ますか。私も親として、息子が嫌い抜いた女と結婚させるわけにはいきません」

ほとほと呆れ返った徳川は、帰ってこのことを皆に告げた。

「とにかく息子が嫌がっているから破談にすると、そのことばかりおっしゃるのですよ」


「まったくなんというお方だろう」

その夜、牧野は手にしていたパイプを、灰皿に叩きつけたいような思いにかられた。だから皇族はわがままで嫌なのだ。宮内大臣などにはなりたくもなかった。宮内大臣は重職ではあるが、洋行も出来た外務大臣の方がずっといい。

皇族も増えているが、華族も増えて今は八百以上にも達している。頭を悩ますようなことも多く、赤化したり駆け落ちしたりするだけでなく、破産する者たちもいて、監督する立場の宮内省は年中雑事に追われていた。

今度はまた厄介なことになったと、牧野は本当に腹が立ってくる。皇族という人たちは、どうしてこう我が儘なのであろうか。牧野はある皇族のことを思い出した。彼は明治天皇の内親王であった妻のことが気に入らず、欧州に行ったまま帰ってこない。しかもその費用を、宮内省に請求しているのである。支払うべきかどうかというのは、役人たちを悩ましていることなのであるが、久邇宮の場合はさらに深刻だ。

もし破談ということになれば、酒井菊子はあまりにも気の毒である。七年間も待たされて、今や二十二歳だ。世間では「嫁《い》き遅れた」という年齢にさしかかっている。

今さら婚約はなかった、などということが言えるわけはない。全く久邇宮父子というのは、なんと傲慢なのかと呆れるものの、皇太子妃の父と兄である。そう表立ってことを起こせないのだ。

「構うことはない」

会議の席上、大きな声をあげたのは松平慶民《よしたみ》である。皇族、華族の目付役、宗秩寮宗親課長を勤める彼は、松平春嶽《しゅんがく》の三男だ。名君の誉高い藩主を父に持つ彼は、皇族などというものにたいして価値を見出していなかった。

自分の父たちが命を賭け、新しい時代を創り出していた最中、宮中や寺の奥深く

にひそんでいた者たちではないか、という思いを密かに抱いている。だから彼は叫んだ。宮内省の会議室というわきまえぬ場所で、

「とんでもない若さまだな。朝融王には臣籍降下して子爵にでもなっていただこう」

己れの子爵という低い身分にからめたものだったので、その場に居合わせた人たちは、冗談ということにしてふっと笑いを漏らした。そのとたん、

「まあ子爵というわけにはいかないだろう。侯爵あたりがいいのではないか、久邇宮殿下にはまだ男子がいらっしゃるのだから困ることはあるまい」

それは確かに正論であるが、正論が通るはずもないことは、その場にいる誰もがわかっていた。

久邇宮家は今や皇太子妃の実家なのである。

「良子のご成婚の儀が終わるまで、じっと我慢してきた」

という邦彦王の言葉は、言い替えると、その力を持つまで待っていたということだ。

宮内大臣や高官たちが集っても、手も足も出ないことは確かなのだ。

何度か話し合いが持たれたが、牧野は途中ですっかり匙を投げてしまった。もう勝手にしてくれ、という思いは松平も同じである。身分は天と地ほどに違うが、幕

末の偉大な武士であった父の血を引いた彼らは、大正となった今も義を何よりも貴ぶ。一人の女を嫌いになったからといって、結婚の約束を破るというのは、理解の外にあった。その最低の男たちというのが、皇太子妃の父と兄というのは全く何ということだろう。

が、徳川頼倫はめげなかった。

名門田安家に生まれながらも、兄家達《いえさと》のように徳川宗家を継げるわけでもなく、和歌山藩主の徳川家に養子に行った彼はそれなりの苦労もしていた。根気強くものごとにあたったのだ。

彼は久邇宮父子を責めることはもうやめた。彼らのような人物を、いくら説得しても無駄だということがわかったからだ。

もうこうなったからには、酒井家の方から辞退してもらうしかないではないか。そう、彼は四年前、山縣が久邇宮家に要求したことと同じことをしようとしているのだ。

徳川は酒井家を説得する人物をあれこれ考えた。ひとりだけ心あたりがいる。酒井忠正とも親しい水野直《みずのなおし》子爵だ。彼は徳川の家老筋にあたるのだから、断わるはずもない。

水野はさっそく酒井家にあたったが、こちらも強い反発を受けた。忠正からは、

「もし破談などということになれば、菊子の方に何か落ち度があったと世間からは言われるだろう」

もっともな意見である。この時の忠正の怒りに充ちた態度から、彼と義妹菊子との噂が全くのでたらめであることを水野は確信した。

「それならどうでしょう」

水野は徳川に持ちかけた。

「婚約破棄の報と同時に、菊子嬢を別のところに嫁がせればいいのです」

「そんなにうまくいくものだろうか」

「あれだけのご器量です、ぜひ貰い受けたいという男はいるに違いありません」

水野は酒井家に出入りしていたので菊子のこともよく知っていた。華族のつき合いは、皇族に比べればはるかに気楽である。忠正が最近凝っている謡の稽古に、菊子が顔を出すこともあった。つい先日も、青いワンピースを着た菊子と会ったばかりだ。ドレープがついた洋装は、胸のふくらみがよくわかる。

「まあお二人とも上達なさったこと」と、からかうように笑いかけた。酒井家の次女というと、何ともいえぬ色気があるというのは、若い華族たちの間では評判であ

った。こちらの冗談にも、打てば響くような対応をする。非常に頭もよく気がきいていた。

菊子がいずれ皇族妃となることは世間でもよく知られていて、義兄の忠正も大層気を遣っていた。

婚礼の準備もとうに始めていて、

「ティアラの代金で身代が傾く」

と半ば冗談のようにして愚痴をもらしたものだ。水野はこんな忠正に腹を割って話すことにした。

久邇宮父子のことは言語道断である。このことは人としてとても許されることではない。しかし彼らを反省させ、結婚に向かわせるのはとても不可能だ。そんなことをして結婚しても、菊子嬢が幸せになれるはずはない。あの朝融王という人物は、不誠実でしかも何かというと父に頼る卑劣漢だ。

あんな男と結婚するよりも、他のきちんとした男と結婚した方が、ずっと菊子嬢は幸せになれるに決まっている……。

水野は繰り返し言った。破談になったという報道の直後、すぐに婚約の報を出せばよい。そうすれば世間は、何か事情があって他の家に嫁ぐのだと考えるだろう。

菊子嬢の名誉に傷がつくことはない。どうだろう、私に任せてくれないだろうか。

この時忠正は頷きもしなかったが、否定もしなかった。もう覚悟を決めたのだろうと水野は判断した。

それから彼は行動に移す。ごく秘密裡にいくつかのところに話を持っていったのだ。中には関東大震災で妻を亡くした伯爵や、元宮家で臣籍降下した侯爵もいた。が、彼らは一様に同じことを言う。

「酒井家の令嬢は、久邇宮家の跡取りのところに決まっているはずだが」

それが破談になりそうだと打ち明けると、

「では何か問題があるのだろう。そういう令嬢をこちらに押しつけようとするのか」

と怒り出す。

その間に、酒井家の顧問たちが騒ぎ出した。破談など絶対に許さないと言うのだ。誰もが旧藩士の子弟で、東京帝大教授、高級官僚と各界を代表する名士ばかりである。誇り高い連中を説得しようと、忠正は奮闘するがうまくいかない。揚句の果ては、

「養子だからそんな弱腰になるのだ」

と責められる始末だ。

こうしてじわじわと時間は過ぎて、その合い間に朝融王は信じられない行動をとった。訓練を視察するため、戦艦に乗り込んだ、摂政となられた皇太子と出会った時のことである。

皇太子は非常に思慮深い方なので、もうお聞きになっている酒井家との破談については何もおっしゃらなかった。しかし朝融王はなんのてらいもなくこう申し上げたのだ。

「酒井とのことは、もうすべて解決しましたので、どうかご安心ください」

これはすぐに「宮内省グループ」に伝わり、みなはもう呆れるよりも激怒した。なんという男であろうか。これがもし皇太子の義兄でなかったら、松平が主張したとおり、責任をとって臣籍降下をしてもらいたいところだ。

さらにメンバーは案じ始めた。良子の時によくない輩に金を渡し、怪文書といった卑怯な手段をとった久邇宮家のことだ。何をしでかすかわからない。

早く解決しなければ。しかしいったいどうしたらいいのだ。婚約は周知の事実で、今さら菊子と結婚しようなどという男は、誰も現れないのである。しかも酒井家の顧問たちも強硬な姿勢を崩さない。時間だけがじりじりとたっていった。やがてあたりに漏れていき、この事件は、ついに新聞ネタになった。が、そのことがかえって顧問たちを軟化させていく。大切な主家の姫君を、これ以上醜聞にまみれさせてはならぬと、顧問たちは次第に態度を変えていったのである。

それにしても、久邇宮父子のふるまいはゆるせることではないと、「宮内省グループ」のほこ先はそちらに向かう。

牧野はグループに、自分が最近知り得た事実を告げた。そのひとつは、朝融王が皇太子に平気で嘘をついたことである。

「酒井の家は肺病の家系で、両親はそれで亡くなっており、姉の秋子も療養中です。菊子にも結核という診断が下り、それで婚約を破棄したのです」

牧野は皇太子の前であるにもかかわらず、憤然として叫んだ。

「そんなことはありません。今日において、菊子嬢の病気ということは聞いておりません。問題は朝融王なのですよ」

その時の皇太子のご様子が、非常にご立派だったと彼は仲間に告げた。

「それならばよろしい」

とご安心なされたように頷かれたのだ。これに力を借りて牧野は続ける。息子の監督不行届きにつき、皇太子から邦彦王に訓戒を与えてもよいかと。

皇太子は大きく頷き、ご了承されたのである。

そしてもうひとつグループに伝えることがあった。牧野は皇太子の前に皇后にもお会いし、一部始終をお話ししたのである。もともと皇后は邦彦王がお嫌いだ。「宮中某重大事件」で、彼がどれほど尊大で執拗な人間かということを知っている。己の要求がかなうまではどんなこともするのですよ、と皇后は言いかけ、途中でおやめになった。嫁の父ということに気づかれたのだ。が、はっきりおっしゃった。

「久邇宮には充分言って聞かせなさい。皇太子、ひいては主上《しゅじょう》のご聖徳に傷がつくことなのですよ」

ここまでお二人が言ってくださったことにグループは歓喜した。

牧野はすぐさま、訓戒の言葉を入江《いりえ》為守《ためもり》東宮侍従長に伝えた。入江はそれを持ち、翌朝東京を発った。邦彦王は大演習統監のため、愛知県豊橋市に駐在していたからだ。

皇太子からの訓戒はこうである。

「御内意伺済《うかがひずみ》の上取結ばれたる結婚内約遂行《すいかう》の運《はこび》に至らざりしは遺憾のことと思ふ。自今一層慎重ならむことを望む」

しかし人々は天を仰いだ。邦彦王は反省の色をまるで見せず、ずっと無言だったというのである。

「もうこの男は駄目だ」

誰もがそう思った。宮内省の人々も、酒井家の顧問たちもだ。次の日宗秩寮は正式に破談を発表するのである。酒井家からの辞退ということにより、御内定取消と。

それから何年かがたった。

朝融王は居間のテーブルに置かれた「婦人画報」にふと目をやった。ふだんは妻が読むそのような雑誌に興味を持ったことがない。しかし西洋の女が描かれた表紙に、

「前田侯爵夫人菊子さまのご日常」

という見出しがあったからだ。もしかするとわざと妻が置いていったかもしれない。しかし雑誌を拡げてみたいという誘惑に打ち勝つことは出来なかった。

ペラペラとめくる。「手軽に出来る西洋料理」「コオトの注文の仕方」などという記事のいちばん前にそのグラビアがあった。

ローブ・デコルテの胸に、重たげなダイヤのネックレスをつけた、菊子の写真が目に飛び込んできた。

「イタリー大使館の晩餐会にご出席の菊子さま」

とある。

「昨年まで大使館付陸軍武官の前田侯爵と共に、ロンドンご滞在だった菊子さま、長い欧州生活で培われた語学力と社交術で、ご帰国してからも、各国との友交にお力をお尽くしです」

そうか、もう帰ってきたのかと朝融は写真を眺める。艶然と微笑むその姿は、威厳と自信に充ちていた。綺麗な女だったが、ますます美しさに磨きがかかったようだ。金の力というのはすごいものだと、朝融王は素直に感嘆した。

大正十三年十一月十七日、宗秩寮は朝融王と菊子との破談を正式に発表した。それから事態はものすごい早さで収束を見たのである。まず菊子にすっかり同情した近衛文麿が、親戚の前田利為《としなり》侯爵に縁談を持ちかけた。利為は前年夫人を亡くしたばかりである。話はとんとん拍子に進み、なんとその年の暮れには二人は内輪の結婚式を挙げたのである。

これは菊子にとって、またとない良縁だったかもしれぬ。利為は菊子より十八歳年上であるが、優秀な軍人だったうえに温厚な人柄で知られていた。そして加賀百万石の前田家は、毎年長者番付の上位に名前を連ねる。

もともと大名華族は、公家華族よりもはるかに金持ちであるが、前田家は桁が違う。英国からの帰国に合わせて完成した駒場の邸宅は、一万三千坪の敷地に建つ本格的西洋館である。海外からの客のために、日本庭園と和館もつくられた。テニスコートや、茶室の見事さも話題にのぼっていたが、もちろん朝融王は行ったことがない。毎週のようにその邸で開かれるティーパーティーや晩餐会に彼は招待されることもないし、されるはずもなかった。おそらくそれは妃の知子《ともこ》にしても同じだったろう。

新聞で破局のことが大々的に報じられてからというもの、邦彦王と朝融王はすっかり悪役となってしまった。ちょうど「宮中某重大事件」の際、山縣がそうだったように、父子は悪逆非道な人間という烙印を押されたのだ。

「このままでは結婚出来ないではないか」

本当に腹が立った。自分はただ好きでもない、いやすっかり嫌気がさした女と結婚したくなかっただけだ。それがそれほどいけないことであろうか。

あの頃多くの者たちが自分をこう説得したものだ。

「殿下、この世で好きな女と結婚している男が何人いるでしょうか。みんな親から押しつけられた女と夫婦になり、それでも何とかやっていくのですよ。もし好きな女といたかったら、外にいくらでもつくればいいのです。男はみんなそうやってきているのですよ」

しかし自分はそんなことは出来そうもなかった。外に女をつくっても、うちにあの女がいると思うとぞっとする。

ある時からたまらなく嫌いになったのだ。笑い方や口紅の色や、ものを食べる時のちょっとしたしぐさ、語尾のはね方、それらが気になって仕方なく、もう恋する頃に戻ることはなかった。

しかしこの「何となく」という繊細な心のとっかかりに同情してくれる者は誰もいない。うまく説明出来ないことを心に抱くことはそれほどいけないことだろうか。

唯一わかってくれたのは、父の邦彦王だけだ。しかし父もいつのまにか、悪らつで我が儘な人間ということになってしまった。ただ息子の心を守ってやろうとしたばかりに。

「もう自分は結婚出来ないかもしれない」

出来るとしたら格下の女とだろうかと考え、急いで知り合いの三井の娘に結婚を申し込んだ。いくら金持ちの娘でも成り上がりではないか。皇族妃となれるとなれば、驚喜するだろうという彼のあてははずれて、申し込みを受けるやいなや、

「とんでもない」

父親はあわてて別の男と結婚させたのだ。彼の悪評はすっかり世間に広まっていた。

が、失望した彼に、素晴らしい幸運が訪れる。邦彦王の従兄弟にあたる伏見宮博《ふしみのみやひろ》恭《やす》王が、今回の不祥事をなんとか解決しようと、自分の娘知子女王を提案してきたのである。

知子はふっくらとした頬を持つ美人で、身分といい申し分ない。邦彦王も上機嫌である。

「そもそもお前が、伯爵風情の娘を見初めたからあんなことになったのだ」

とりあえず大急ぎで式を挙げなくてはならない。年が明けるや、十三日には納采の儀を済ませ、二十六日には婚儀の礼をあげる慌しさである。しかし束帯姿と十二単衣の新郎新婦は美しく、平安の絵巻から抜け出してきたようだった。

あの時朝融王はどれだけ安堵したことであろうか、好きでもない女と結婚したくない、というあたり前のことを言ったことで、世間から非難の的となってしまったのだ。けれども皇族の女王を娶《めと》ったことで、世間の風向きも変わるに違いない。

そして朝融王はほっとしたあまり、大いに羽を伸ばし始めた。以前から赤坂に馴じみの芸者はいたし、身分を隠してであるが、ダンスホールというところにも出入り始めた。

が、昨年のことになるが、彼は大きな失態を犯してしまった。海軍の横須賀軍港への通勤のために、鎌倉に仮住いをしていた際、若い女中に手をつけ孕ませてしまったのだ。この時は邦彦王も怒り、家令たちが集まって協議する大変な騒ぎになってしまった。

上流社会の男が女中に手をつけ、子どもを産ませるのはそう珍しいことではない。情けある男なら認知をして、女に家の一軒も持たせてやる。情けがない男なら、幾らかの金をつけさっさと養子にやってしまう。当然彼は後者の方だった。既に子どもは知子妃との間に三人いる。生まれた子どもは顔も見ずに、深谷の農家にやってしまった。男子である。皇族の血を引く自分の子どもが、将来農夫になることについても全く何の感慨もない。

ただ知子妃の衝撃が大きく、あれ以来すっかり元気を失くしているのが気にかかる。そうでなくても子どもをたて続けに産み、げっそり痩せてしまったのだ。

貧相な女というのは、朝融王の好みではない。西洋の女のように、目鼻立ちのはっきりした顔立ちにそそられる。

そこへいくとこの写真の、前田菊子はなかなか魅力的だ。日本の女にしては珍しく、ローブ・デコルテがよく似合っている。どんな皇族妃にも負けないほど洗練されていた。おそらく前田の家で、贅沢のし放題なのだろう。

惜しいことをしたとは思わないが、どうして当時、あれほど嫌になったのかよくわからなくなっている。処女でないと聞いたからだが、あれほどいっきに心が冷めてしまったのは全く不思議なほどであった。

まあ、結婚してよくわかったことがある。男と女が好き合って結ばれ、長く仲よく暮らしていくなどということは、この世では皆無に近い。男は結婚しても、他の女に心が移るのは当然だし、遊ぶことも許される。

昨年のあの一件があって以来、知子妃との仲は冷ややかなままであったが、それがまたこの夫婦に、皇族らしい気品と静謐《せいひつ》を与えていて、これはこれでいいのではないかと彼は考えるのである。

それからまた年月がたち、彼は久しぶりに前田菊子を見た。それは雑誌ではなく、「テレビ」という文明の利器でだ。

戦争により、財産のほとんども皇族という身分も失なった朝融王は、起死回生をめざして香水をつくり始めた。久邇香水と名づけたそれは、昔のことを知る年配の女たちにぼちぼち売れ始め、ほっとひと息ついたのは最近のことだ。その金で朝融王はテレビを買った。大層高価なものであったが、新しもの好きな王は、前から欲しくてたまらなかったのだ。西落合二丁目の自宅の居間に、それは麗々しく置かれた。

ある昼下がり、ＫＲＴにチャンネルをまわしていた。後にＴＢＳと名前を変える民放の放送局である。

「みなさまこんにちは、『みんなのエチケット』の時間です」

そう若くない女性アナウンサーが出てきて、軽く頭を下げる。

「今日も正しいエチケットを、前田菊子さんにお教えいただきましょう」

カメラは隣りにいる中年の女を映し出した。間違いない、あの菊子だ。白い小さな帽子をかぶり、白いスーツ姿の菊子は、

「ご機嫌よう」

と実に優雅に首をかたむけた。

「今日は正しい挨拶についてお教えいただきたいと存じます。ご存知のように、前田菊子さんは前田侯爵夫人として、ロンドンでお暮らしになったこともおありです。海外でのマナーにも通じていらっしゃいます。今日は前田さんに、正しい挨拶の仕

方についてお教えいただきたいと思います」

「そうですわね」

思い出した。やや鼻にかかった甘い声を出す。

「挨拶は相手の方によって変えなければいけないことを、知っておく必要があると思います。気軽な方にする挨拶、目上の方にする挨拶、それぞれ角度が違います」

朝融王は画面に映る菊子を凝視した。とうに中年と言われる年齢を過ぎているはずなのに、華やかさは変わらない。それにしても驚いた。前田家も夫、利為は戦死し、財産税であの広大な駒場の邸を手放したと聞いている。自分と同じように、しおたれた庶民になったとばかり思っていた。それなのに「テレビに出る」という現代の雲の上の人になっていたのである。菊子はなめらかに喋り続ける。驚いた。こんなことがあっていいものだろうか。そして菊子はなお若く美しいのである。

朝融王は戦後すぐ、九人めの子どもを腹に宿したまま、亡くなった知子妃のことを頭にうかべた。

もし知子ではなく、画面に映っている女が妻だったら自分はどうなっていたのだろうか。いや、妻などで自分の運命が変わるはずはない。結局自分は一人で生きてきたではないか。それならばどうして、自分はあれほど妻の選択に意地を通したのか。

　まるでわからない。

　彼は少し混乱し始めたことに苛立ち、テレビのスイッチを消そうとした。

「ご挨拶でいちばん大切なことは真心です。真心がない行動は全く無に等しいことなのですよ」

　画面の中の女は「真心」という言葉を二回繰り返した。

徳川慶喜家の嫁

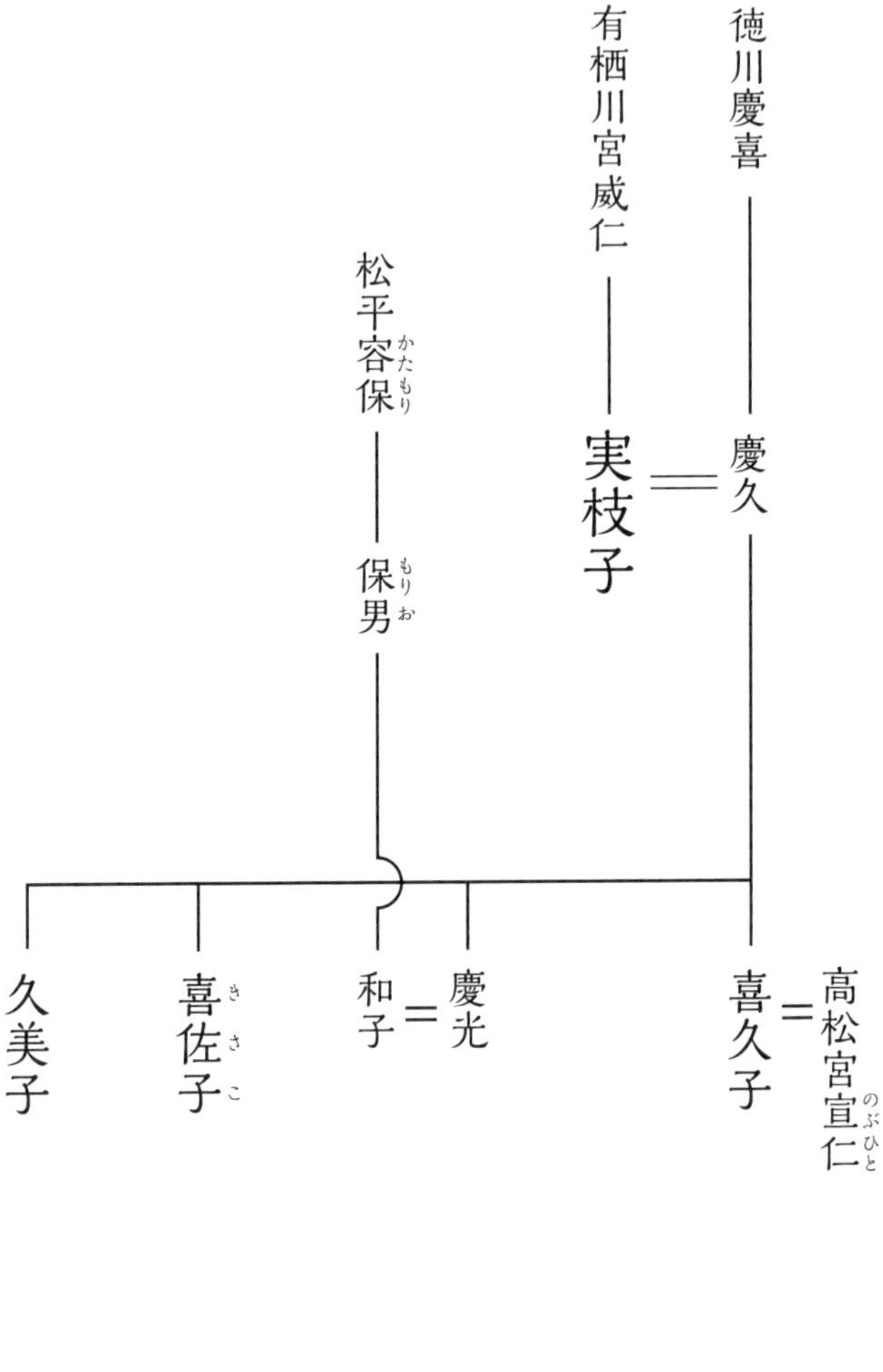
徳川慶喜
有栖川宮威仁
松平容保《かたもり》
慶久
実枝子
保男《もりお》
喜久子
高松宮宣仁《のぶひと》
慶光
和子
喜佐子《きさこ》
久美子

夫慶久《よしひさ》を失なってから、徳川実枝子《みえこ》は御後室《ごこうしつ》さまと呼ばれるようになった。まだ四十にならぬ若さであるが、切り下げの髪に暗い色のお召しを着ている。昭和の世になっても、未亡人の日常というのは限られていて、人目をそばだてることは出来ない。高貴な女ならなおさらだ。学習院の時に同級だった某宮妃を訪ねるぐらいで、そうでなかったら、本を読むか、書道の稽古をする。

実枝子の実家は有栖川宮家《ありすがわのみや》で、霊元天皇から伝わる有栖川御流の書道の流派を継いでいた。優雅というよりも、やや男性的な硬い文字だ。

これは女よりも、男の方が書くのはむずかしい。和歌の三十一文字を、四行に分けて書くのがきまりだ。

実家の有栖川宮家では、実枝子の兄にあたる嫡男栽仁《たねひと》王が十年以上前に亡くなった。名門有栖川宮家は途絶えることになり、同時に有栖川御流も失くなることになる。それを何よりも悲しいことと思った実枝子は、娘喜久子に子どもの頃から手ほどきをしていた。

しかし、喜久子の妹二人に教える気はまるでない。なぜならば二人は実枝子の産んだ子どもではないからだ。

喜久子の後、大正二年に待望の男児慶光《よしみつ》を産んでからというもの、体がだるい日が続くようになった。微熱があり朝は咳が止まらない。病院に行ったところ、初期の結核だと診断された。実枝子は医者の勧めもありしばらく転地療養することにした。

その時に老女の須賀からこう言われたのである。

「それでは殿さまのお褥《しとね》のご用意をなさらなければなりますまい」

須賀というのは、徳川慶喜《よしのぶ》家の奥をすべて取りしきっていた女だ。九十一歳で亡くなるまで、慶喜家ひと筋に仕えていた。

舅慶喜には二人の愛妾がいて、死んだ子も入れてなんと二十一人の子どもを生んだ。

直参《じきさん》旗本の娘である須賀は、

「私は忠義だけで一位さまにお仕えしており、あの方たちとは違う」

と折にふれ語っていたが、彼女にも俗に言う、

「お手がついた」

というのは確かなことで、慶喜家における地位もそれゆえのものだったのである。

「殿さまは男盛りでいらっしゃいます。ご不便をおかけするわけにはいきますまい」

この屋敷では、慶喜は「従一位」の位からとって「一位さま」で、嫡子の慶久は「殿さま」と呼ばれていたのである。

今思えば、どうしてうかうかと須賀の言葉を聞いたのかがわからない。結核という言葉に動揺していた実枝子は、実家から連れてきていた侍女を差し出したのだ。テツコという若い女が全く嫌がらなかったのは、夫の慶久がまれにみる好男子だったからである。

慶喜もそうであるが、目鼻立ちのはっきりとした男らしい顔立ちである。そのうえ慶久は東京帝国大学の法科を出て、訪欧の経験もあった。

華族の子息は、学習院高等科を経て、無試験で帝大に入れることになっているが、成績がよくなければ人気の法科へは入れない。慶久は闊達な人柄に加え、ゴルフや乗馬が得意なスポーツマンである。

大正の世となれば、いくら侍女でも、

「殿さまの床へ行くように」

などという命は、もはや理不尽なことだ。

が、テツコはためらいなく、その命を受け入れた。そしてたちまち女の子を産んだのである。

その頃になると実枝子の健康も回復し、慶喜家に戻ってきた。そこで見たものは、まるで夫婦のようにふるまう夫と侍女の姿である。慶久は思いのほか、若く愛らしい女を気に入ってしまったのである。

テツコの腹の中には、二人めの子どももいる。そして実枝子は、あらためて慶喜家の尋常ならぬところを知ることとなった。

東京と呼ばれるようになった都市の一角に、将軍の城が今もあるのだ。実枝子が嫁いだ当時、慶喜の妾で慶久の生母、お信は亡くなっていたが、もう一人の妾お幸はまだ生きていた。そしてお歯黒にひきずりの衣裳というでたちで、須賀の下に控えていたのである。

有栖川の父にも愛妾はいることはいたが、これほど堂々としていたわけではない。女との間に子どももつくらなかった。

が、この慶喜邸では、二人の女は、

「お須賀さま」

「お幸さま」

と呼ばれ、使用人たちより一段と高い場所にいる。大奥の位で言えば、御年寄や御中藹《ちゆうろう》といったところであろうか。

テツコについて須賀はごく自然に言った。

「もうお子をおあげになったからには、お手元におかれるわけにはいきますまい。部屋をお与えになればよろしいかと」

小石川小日向《こびなた》第六天町にある、徳川慶喜家の屋敷は、敷地三千坪、建坪千坪という広さである。昔の武家屋敷をあちこち直したもので、廊下が異様に長い。夫の愛妾となった女に、ひと部屋与えることなど、どうということもないことだ。しかし実枝子はそれは嫌だと思った。欧州で暮らしたこともある〝新世代〟の夫が、まさか妻妾同居を望んでいるとは考えたくもなかったのである。

その後、いろいろなことがあった。もう別れたいなどと思いつめた時に、慶久は死んだ。あまりにも突然のことだったので、自殺を噂されたほどである。

実はこの頃、二人の夫婦喧嘩のすさまじさは、とうてい身分ある者たちのものとは思えず、使用人の間で噂になっていたのだ。

大正十一年一月二十二日の朝日新聞にはこう書かれた。

「二十一日朝十時突然脳溢血を起し昏倒し、十時三十五分に逝去」

まだ三十九歳の若さを惜しんで、学習院時代からの親友細川護立《もりたつ》は、談話を発表した。

「華族社会で公の向ふに立つ者はない」

日本のゴルフ界の草分けともいえる慶久の棺の中に、弟たちがこっそりとゴルフクラブを入れたが、あれは今もにぶい光を持って地下の慶久の傍にあるはずだ。

実枝子は茫然としていた。夫への憎しみや怒りが頂点に達した時に、相手は不意にこの世から姿を消してしまったのだ、まるで実枝子を嘲《あざわら》うかのようにだ。

長女は夭折していたが、次女の喜久子は十二歳、長男の慶光はまだ十歳だ。そしてテツコが産んだ女の子にいたっては二歳、その次はまだ腹の中にある。

「お亡くなりになったのは、奥方さまのせいだ」

という声も耳に入ってくる。

「あれほど毎夜毎夜、責められて理詰めでこられたら、頭もおかしくなられるだろう」

実は慶久は神経衰弱の診断を受けていたのである。職員たちも困り抜いて、細川に相談したところ、日赤の特使として米国の視察旅行に行くという案も出ていたのである。

「とにかくあの夫婦を離さなくては」

と細川も言っていたらしい。夫に急死された気の毒な未亡人のはずであったのに、いつのまにか実枝子は〝悪妻〟とささやかれ始めていた。

ひどい醜聞も立った。

それは実枝子が、夫が生きていた頃、報復のために、役者狂いをしていたというのである。しかもその役者の子を、実枝子がこっそりと産んだというのだ。

あまりのことに怒る気にもなれないが、噂の出拠はわかっている。夫の妹たちだ。みんな華族のしかるべきところに嫁いだ女たちである。

実枝子が嫁いできた頃、実家に集う彼女たちと皆でピアノを弾いて歌ったり、ビリヤードをしたものだ。

徳川慶喜家には、

「楽しいことは何をやってもよい」

という家風が確かにあって、それを当主慶喜から実践していた。写真や油絵に凝り、フランス語で歌を歌うのである。静岡から東京に転居してからは、鳥撃ちに夢中になった。少し足を伸ばせば、絶好の狩り場があるのだ。生活は質素であるが、趣味に関してはあれこれ言わない。広大なうちなので、行事以外、慶喜と会うことはなかったが、気配は感じる。運動がわりに、時々廊下を散歩するからだ。

女たちに対しても同じで、実枝子は実家では許されなかった芝居見物を初めてした。朝早く家を出てまず芝居小屋に行き、そこで着替えて、桟敷《さじき》へ行く。頃合いを見はからって、女中がたっぷりと重箱と酒を運んでくるという贅沢なものだ。徳川の女たちは酒は飲まないが、芝居の楽しみ方は知っていた。耳元でささやく。

「ほら、お義姉さま、ご覧なさい。あれが日本一の美男子といわれる市村羽左衛門ですわよ。少し西洋の血が入っているとかいいますけれど」

「幸四郎の弁慶を見たら、もう他のは見られませんわ。ねえ、なんていい声でしょう」

それは実枝子が初めて見る金泥のような世界であった。美しい姫君がよよと泣き、そこに白塗りのさむらいが現れて恋をささやく。

芝居小屋にいる時だけは、夫が毎晩のように、屋敷の中の別の女のところへ行くこと、そして眠っている幼女の頬をなでていることも忘れられた。

芝居の後、気に入りの役者を、座敷に呼ぶこともおぼえた。水心あれば、ということになるだろうが、化粧を落としてやってきた役者たちは、侍女を従え毅然と座る実枝子に一瞬鼻白む。

「これはこれは、将軍さまのおうちのお嫁さまではございませんか。まあ、将軍さまはまだ元気でおすごしなのですね。私どもの芝居は、はばかりが多くて、まだ徳川さまの〝ト〟の字も出せないんでございますよ。江戸時代でしたら首がとびましたからね」

などとおべんちゃらを言い、祝儀をもらって帰っていく。

ただそれだけのことだ。どうして自分が不義をはたらき、孕《はら》んだことになるのだ。しかし実枝子が役者の子どもを妊娠し、それに激怒した慶久が折檻をした、その最中に脳溢血を起こしたというのは、華族社会ではいつのまにか定説のようになっているらしい。

徳川宗家の現当主、徳川家達《いえさと》の同性愛と同じようにだ。

舅慶喜は叙勲を許され、公爵にもなった。宗家も同じだ。が、大正の世になっても、徳川はどこか疎《うと》まれ憎まれているのではないだろうか。

慶喜に対しては、

「政権を放り投げてしまった最後の将軍」

という悪口がついてまわる。
が、それも嫁いで初めて知ったことだ。

実枝子が徳川慶喜の嫡子、慶久と結婚したのは、明治四十一年十一月のことである。実枝子は十七歳、慶久は二十五歳で帝大に在学中であった。

嫡子といっても、なんと慶久は七男だ。上の男子が夭折したのと、慶喜が気前よく養子にやったり、分家させたりしたのが原因だった。

とはいうものの、

「慶久さまが、いちばん出来がおよろしい」

という世間の評価もあり、実枝子との婚儀が整ったのである。

もともと徳川家と有栖川宮家との関係は深い。皇女和宮《かずのみや》の婚約者であった実枝子の伯父熾仁《たるひと》親王は、慶喜の妹を維新後妃にした。そもそも慶喜の母は、有栖川宮家の出身である。慶喜の父斉昭《なりあき》は、このことをなによりも誇りにし、正月には床の間の前に妻を座らせ、深く礼をしたという。

この縁談を勧めたのは、伯父熾仁親王である。

「最後の将軍の家に嫁ぐのも、有栖川の何かの縁かもしれぬ」

慶喜はとうに、静岡での謹慎生活も終わり、小日向第六天町に広大な屋敷を構えていた。維新の後、困窮する慶喜を助けるべく、かつての臣下、大実業家渋沢栄一がありとあらゆる援助をした。株をうまく運用してやり、茶の栽培も教えたのだ。昔の天下人とは比べるべくもないが、慶喜は富裕な生活を取り戻したのである。家自体は木造の武家屋敷であるが、新しもの好きな慶喜は、早くも水洗便所を取り入れた。毎朝髭を剃る時に使うのは、フランス製のシャボンである。

そういうハイカラなところが、ピアノと英会話を習う実枝子と合うのではないかというのだ。

「雨後のタケノコのように出てきた宮家に嫁ぐよりはいいだろう」

伯父はそんな皮肉を口にする。

維新直前までは、宮家というのは有栖川宮家を入れてたった四つしかなかった。しかし明治政府は、僧侶となっていた皇族たちを還俗《げんぞく》させた。彼らが町の女たちに次々と子どもを産ませ、今宮家は十一家になろうとしている。政府はあわてて、嫡男以外の宮家継承は認めず、養子も禁止した。そんなわけで兄は早世し、父も死に、由緒ある有栖川宮家は消えたのである。

このことはどれほど実枝子をつらく悲しくさせただろう。

とはいうものの、夫婦喧嘩の最中、慶久にどれほど口汚なく罵られても、

「私は有栖川宮の女王である」

と昂然と胸を張ることが出来た。が、その態度が憎らしいと、夫はまた自分をこづいたものだ。

どうしてそんなことになったのかわからない。嫁いできた時は、自分は幸せな花嫁だったではないか。

輿入れの日、花嫁道具の行列は長かった。先頭が第六天町に到着しても、まだ後ろの方は麴町の屋敷にあった。

沿道にはおびただしい人たちが集まり、

「将軍さまのうちにお嫁入りだ」

と歓声をあげる。

慶喜は、こうした東京の庶民に大層人気があったのだ。

舅は七十二歳、思っていたよりも小柄であったが、背筋はぴしっと伸び、大きな二皮目《ふたかわめ》がぎょろりとこちらを見た。姑にあたる正妻の美賀子は亡くなっていて、花嫁の手をひいてくれたのは須賀である。

慶喜が写真好きゆえにか何枚も撮った。着るものも替えた。三人で撮ったものも

あるし、新婚の二人だけのものもある。紋付袴姿の夫、フロックコート姿の夫。すらりとした慶久は洋装の方が似合った。新婚旅行は、夫の故郷静岡だ。ここで久能山東照宮に参拝をした。

あの頃は本当に幸せだった。まわりを見渡しても、確かに慶久ほどの男はいなかったのである。が、嫌なことは次々と起こった。慶久の妹、慶喜の十番めの娘が急死し、披露宴は延期になるのである。そればかりか、日をあらためての披露宴がまた延期になる。今度は実枝子の兄が亡くなったのだ。二十二歳の若さで新婚であった。たった一人の息子だったので、両親の落胆ぶりは言うまでもない。

十七歳の実枝子にとって、耐えがたいつらさであった。が、さらに不幸が追いうちをかける。結婚前の夫の不行跡《ふぎょうせき》について知ってしまったのだ。

あのことを教えてくれたのはいったい誰だったのか、須賀なのか、お幸なのか憶えていない。二人はよく似ていたから、まだ区別がつかない頃であった。

「ご心配あそばせますな」

その女は言った。

「慶久さまには女がいたのですが、私がうまくことを運んでさとに帰らせました」

慶久はロマンチストでもある。その若い侍女と相思相愛の仲となり、本気で結婚さえ考えたのだという。

「身分がまるで違います。そんなことが出来るわけがありません。ですからどうぞご安心くださいませ」

ご安心も何も、そのことを吹き込んだのは自分ではないか。低い抑揚のない声……。あれはやはり須賀だったに違いない。


大正二年に慶喜が死に、大正十一年に慶久が死んだ。その頃、実枝子は不眠に苦しむようになり、座禅を組むようになった。「深い精神世界」というものに憧れたのであるが、それはついに訪れなかった。

鏡を見ると老けていることにぞっとする。かつて有栖川宮の女王といえば、美貌で知られていた。どんな縁談も思いのまま、と言われ続け、将軍家の嫁となったのだ。それなのに今は暗く沈んだ老婆のようになっている。未亡人が明るく晴れやかな顔をしているわけにもいかないが、自分のこの沈んだ様子といったらどうだろう。

夫をそれほど愛していたのか、と言われると困るのであるが、別れがあまりにも唐突だったのだ。ゆえに自分は何も心構えが出来ていない。

残された二人の女の子を、いったいどう育てればいいのだろうか。二人めが生まれたのは慶久が死んで半年ほどたった後であった。テツコには金をつけてさとに帰らせた。

　使用人たちの目が怖い。

「どうせ可愛くないだろう」

と言っている。確かにそうなのであるが、そうでないふりをしなくてはならない。慶喜家は五十人ほどの使用人がいたし、子どももひとりひとりにも侍女がついた。親子でも食事は別々にとったし、家族団らんということはない。有栖川宮家でもそうであった。高貴な者は、家族でも一定の距離をとるのがふつうである。

　であるからして、二人の幼ない子どもは公然と無視することが出来た。それなのにやはり、まわりの目が気になるのである。

　亡くなった慶久は、ことのほか上の娘を可愛がり、夜な夜な部屋を訪れたという。そして寝顔をじっと見つめていたと聞いて、実枝子の心は穏やかではない。自分の二人の子どもにもそんなことをしなかった。してほしかったわけではないが、妾の子にはことさら深い愛情を持っていたかと考えると腹が立つ。

　実枝子はテツコに娘二人共々家を出ていってもらうことも考えたのであるが、

「大切なお血筋にそんなことをしてはいけない。とんでもないことでございます」

と家令たちに止められた。というのは、長女は夭折し、次女の喜久子は、二歳の時から、皇太子の第三皇子宣仁《のぶひと》親王との婚約が秘かに整っていたのである。

これは有栖川の血が途絶えるのが気の毒である、という皇太子殿下のおぼし召しによるものだというが、妃殿下のご意向の方がはるかに強かったろうと実枝子は考える。

喜久子が誕生した次の年、明治から大正へと時代が代わる。短かいけれども輝やかしい時代、聡明な皇太子妃はさらに素晴らしい皇后になられた。そして病弱な天皇をお支えしながら、四人の皇子をお産みになったのである。そしてご長男の裕仁《ひろひと》皇太子は別として、次々とご自分で息子たちの后を決められたのである。

「いずれ宣仁親王は、有栖川の血をひく喜久子姫を妻とし、そして由緒ある有栖川の祭祀をひき継ぐのがよかろう」

というお言葉は、喜久子誕生の時に非公式ではあるが、確かに伝えられたものである。

だからして慶喜は喜久子を大層可愛がった。自分が死ぬ直前の、男児慶光誕生も喜んだが、もうその頃には抱く体力がなかった。

しかし喜久子の時は違う。とろけそうな笑顔で、赤ん坊の顔をのぞき込んだ。宮

家でも、直宮《じきみや》はやはり重みが違う。将来この赤ん坊が、その妃になると思うと、笑みは自然とこぼれてきたのだろう。

そして二年後、慶喜は七十七歳の人生を終えた。その九年後、嫡子の慶久も亡くなった。寡婦と子どももしかいなくなった慶喜家であるが、それでも天皇家との約束は生きていたのである。

実枝子は堂々と、喜久子と他の二人とを差別するようになった。はっきりとした理由があるからである。

喜久子には三人の侍女をつけ「いちのお方さま」と呼ばせた。

「いずれは雲の上にあがる方なのだから」

と二人の娘たちにも告げる。娘たちは「お二方さま」と呼ばれ、何をするのもぴったり一緒だ。こちらにも侍女や老女、家庭教師がつき、何ひとつ不自由させていないが、自分たちの身の上を自然と知っているに違いない。母に甘えるということはまるでなかった。

喜久子は優しい姉で、この二人にピアノや薙刀《なぎなた》を教えてやる。実枝子はそれがやや気にくわない。十二人もいる慶久のきょうだいたちが、不憫がって姉妹を大切にするのも面白くなかった。

慶喜の九女経子《つねこ》は、伏見宮《ふしみのみや》の妃になっていたが、この姉妹をしばしば宮邸に招いた。動物園や遊園地に連れていってやる伯母もいる。そのたびごとに、実枝子は彼女たちから、

「本当は可愛がっていないのだろう」

と陰口を言われているような気がして仕方ないのである。どうしてみな、自分の身をわかってくれないのだろうかと口惜しくてたまらない。長男慶光を一人前にすること以上に、寡婦の自分には大仕事が課せられているのである。それはもうじき喜久子を直宮に嫁がせることだ。いくら後見人や昔からの職員がいるといってもこれがどれほどの大ごとかと思うと、身震いしたくなってくる。

そしてあまりにも早く逝った夫を恨みたくなってくるのである。

やがて婚儀の日がやってきた。

おすべらかしに十二単衣を身につけた、十八歳の喜久子は大層美しかった。

宮中からさし向けられた馬車に乗り込むと、先導の儀仗兵《ぎじようへい》たちが出発した。第六天町の道路に行列が行く。実枝子と慶光、慶久のきょうだいたちは、続く車に乗ったが、姉妹は玄関の横で見送らせた。

「あなたたちはお小さいのだから」

と二人は生まれた時から言われ続けている。が、それだけが理由ではないことを、もう知り始めている。最初から諦めているかのように、ねだったりすることはない。

第六天町の邸の前は坂ばかりである。それでも馬車の横には、親王旗を持った騎兵がぴったりとつく。馬もらくらくと越えていく。

実枝子はそれを見て涙をこぼす。やっとのことで、今日の婚礼にこぎつけたのだ。慶久が亡くなり、自分にあらぬ醜聞を立てられたことで、この縁談が立ち消えになることも考えられた。なにしろ喜久子が赤ん坊の時の内定だったのである。解消もあり得たかもしれない。

しかし皇后さまが、最後までこの縁談を推し進めてくださった。

「直宮が徳川の孫と結ばれることで、やっと維新が終わるのだ」

とおっしゃったという。そのうえ宣仁親王殿下には、高松宮という名を賜ったのである。高松宮は有栖川宮の旧名だ。

なんと有難いことであろう。

実枝子は涙を拭う。

どうか一日も早く、喜久子には子どもを産んでほしい。もちろん男児をだ。有栖川宮の血をひく者が、高松宮を継ぐのである。そうすれば有栖川宮という名門は甦えることが出来るのだ。

そう考えると、実枝子は喜びの涙が止まらないのである。

が、実枝子の願いも虚しく、高松宮夫妻にはなかなか子どもが出来ない。結婚してすぐ、二人は天皇陛下のご名代として、欧州歴訪に出かけた。一年二ヶ月にもわたる旅だったので、その間子どもが出来ると多くの者が考えていた。

「梨本宮《なしもとのみや》妃殿下のように、イタリアで産まれたから伊都子《いつこ》と名づけるというようなこともいいかもしれません」

手紙にも書いたことがある。

しかしそんな兆候はなかった。実枝子は自分の実家と同じように、高松宮も途絶えるのではないかという想像にかられいてもたってもいられなくなる。

留守の間に、新聞記者がやってきて写真を撮った。外遊中の妃殿下のお留守を守って、ということでやってきたのだ。

新聞を見て実枝子はぞっとした。自分が覆い隠していたものが、そこにあらわになっていたからである。居間で撮ったものだ。障子の前のソファに、三人が座っている。黒い羽織姿の自分の両脇に、喜久子の異腹の妹二人が座っている。三人とも暗く沈んだ表情をしていた。

「両殿下を毎日案じていらっしゃるご様子で」

と記者が注文をつけたからだ。黒羽織に切り下げ髪の自分は祖母にしかみえない。母娘に見る人はいないだろう。そのとおりだから仕方ないと実枝子は思う。世間の人もみな知っていることだ。

夫は自分に、なんという面倒なものを残したのだろう。これからこの姉妹を成長させ、しかるべきところに嫁がせなくてはならない。が、喜久子にすべてを使いきってしまった自分にいったい何が出来るのか。三越に着物の注文をし、京都へ行き漆器を木地からつくらせた。あのように喜々としてやったことをもう一度やれというのか。いや、二度だ。そのことを考えると胃が痛くなってくる。

そうこうしている間に、高松宮夫妻は無事に帰国した。横浜港まで出迎えに行った実枝子は、ちらりと喜久子の腹部に目を走らせる。なんの変化もない。

結婚して一年、何もないということは〝石女《うまずめ》〟のあかしである、と言ったのは須賀だったろうか。まるで呪詛のように、新婚の実枝子に向かい、その言葉を口にしたのだ。

「石女と言われませんように早くご懐妊なさってくださいませ。早くお世継ぎをつくって、徳川の血を栄えさせてくださいませ」

いや、もしかしたらお幸かもしれない、中年のあの女二人は、そっくりの容姿をしていたのである。

帰国した次の週、喜久子とその夫、高松宮が徳川邸に帰国の挨拶にやってきた。本来なら直宮がそれほど気軽に、妻の実家にやってくることなどあり得ない。しかし二人は、すっかり西欧の気質を身につけていたし、何よりも夫は美しい若妻に夢中になっている。

喜久子が夫に甘えたり、ぞんざいな口をきいたりするのは驚くばかりだ。本当に仲がいい。

「うちの中でも通せんぼなさったり、後ろから急に抱きついたりなさるのよ」

と母にうち明ける。しかし妊娠の兆候はない。

やさしい喜久子は、家族にたくさんの土産を持ってきた。母にはレースのハンカチやフランスの香水、羽の扇や美しい絵が描かれた食器などだ。

そして二人の幼ない妹たちに、リボンのかかった箱を渡す。中に西洋人形が入っていた。大きな目は、閉じたり開いたりする。そして動かすと、「マーマー」と泣き声をあげた。

妹たちはこの素晴らしい人形に、しばらく声が出ない。こわごわと抱き、やがてしっかりと抱き締めた。

「名前をおつけなさい」

喜久子は言った。

「西洋風の名前がいいわね」

やがて二つの人形は「リリー」と「チェリー」と名づけられた。お付きの女は、この人形のために、ふっくらと綿を入れた小さな布団をつくってやった。

二人の少女は、人形の布団を自分たちの布団にぴったりとくっつけ眠る。学校に行く時は、

「おたたさまは行ってまいります、おとなしくするのですよ」

と必ず声をかけ、侍女たちは微笑する。

実枝子は遠い若狭にいるテツコを思った。二人めの娘が生まれた直後、里に帰らせたのだ。下の子だけでも連れていきたいと泣いて頼むテツコに、須賀は叱った。

「たわけたことを。徳川の血を田舎に埋もれさせることなど出来るはずはない。ここでお育ちになれば、徳川慶喜さまの孫として、しかるべきところにも嫁がれるこ

とが出来るのですよ」

　テツコは今思っているだろう、

「娘二人に御後室さまはつらくあたっているはずだ」

と。そんなことはない。そんなことはないのに世間は皆そう考えている。

　実枝子は侍女に言って毛糸を持ってこさせる。編み物は学習院時代に習っている。黄色と桃色の毛糸を使い、リリーとチェリーのためのマントを編んだ。二人の驚喜する顔がうかぶ。が、それが何だというのだ。喜ばせるためにしたことではない。余計なものを自分の心から払いのけるためにしているのだ。

　ふと舅の言葉を思い出す。息子の一人がまだ少年の時、

「どうして政権を譲ったのか」

と問うた。すると慶喜は顔色ひとつ変えずこう言ったという。

「ああするより仕方なかったのだ」

　人は仕方ないことをしなくてはいけないようになっている。仕方ないことばかりして、やがて死んでいくのだろうと、実枝子は編み棒を動かす。

兄弟の花嫁たち

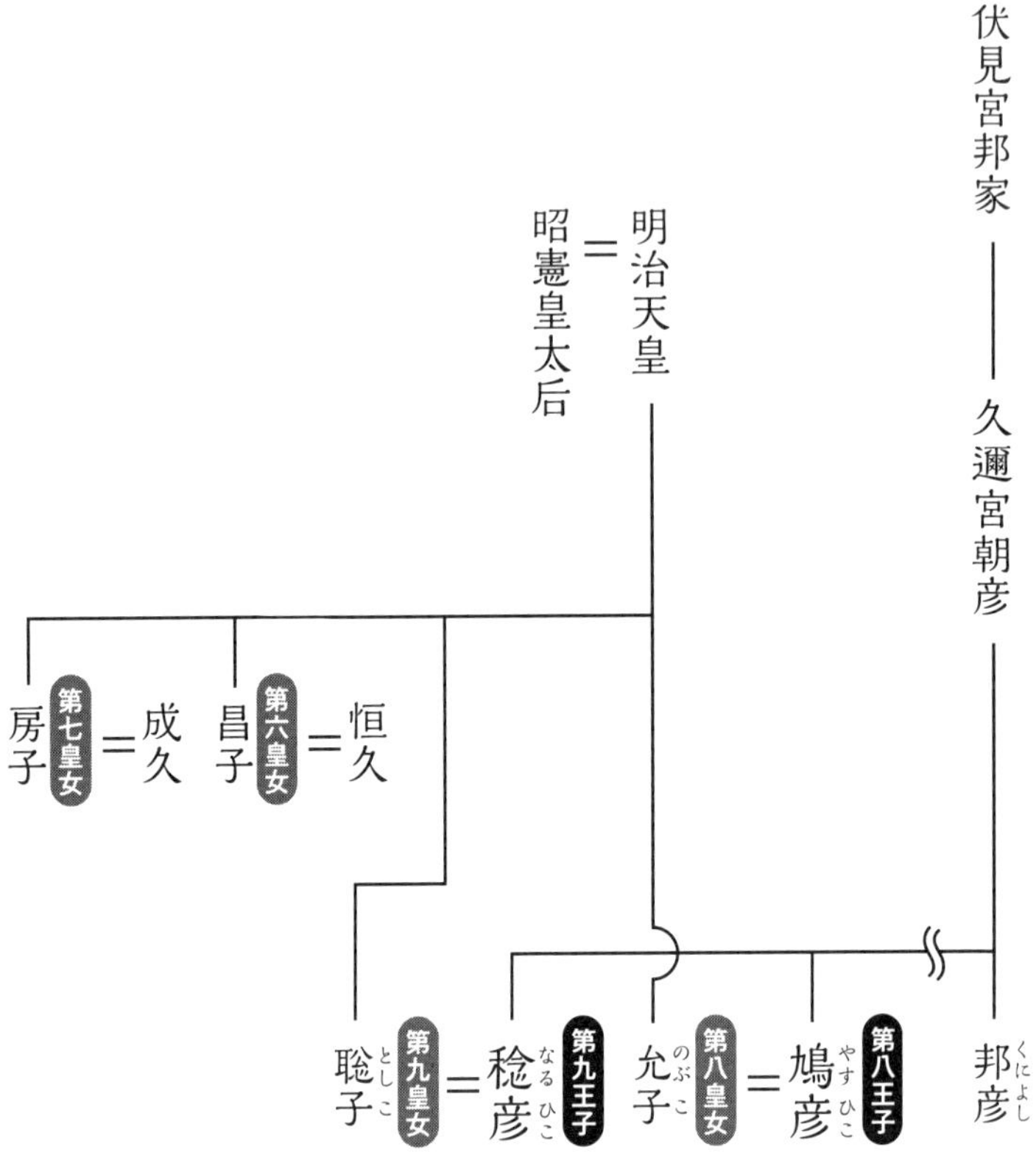

伏見宮邦家
久邇宮朝彦
明治天皇
昭憲皇太后
邦彦《くによし》
第八王子
鳩彦《やすひこ》
第八皇女
允子《のぶこ》
第九王子
稔彦《なるひこ》
第九皇女
聡子《としこ》
恒久
第六皇女
昌子
成久
第七皇女
房子

その二人の若い男は、一見似ているようであるが、近くに寄るとはっきりと違いがわかる。一人の顎は張っていて片方がやや面長なのだ。

二人は同い年で、面長の方が二ヶ月早い。もちろん同じ母から生まれたわけではなかった。

彼らの父親は一度も結婚することなく、何人かの女性を側室にしていたからである。面長の方を鳩彦《やすひこ》王といい、四角い顔の方を稔彦《なるひこ》王といった。

彼らに王という尊称がついているのは、皇族として生まれたからだ。彼らの父親は久邇宮朝彦《くにのみやあさひこ》親王と言って、いささか破天荒な人物として知られていた。明治の御代になって、皇族たちが次々と上京していくというのに、いつまでも京都に腰を据えていたのである。様子を窺《うかが》う、というのがただしいかもしれない。

そもそも江戸時代、この国には、宮家と言われる高貴な家は伏見宮《ふしみのみや》、有栖川宮《ありすがわのみや》、閑院宮《かんいんのみや》、桂宮《かつらのみや》の四つしかなかった。徳川の為政者たちは、彼らをそれほど有難がるわけでもなく、格は公家の筆頭、五摂家よりも下に見られていた。当時は公家といえども金がなかったが、それでも気がきいた何人かは、台頭してくる薩摩や長州と手を結び、次第に潤っていった。

そんな時に、果敢に行動する皇族が現れた。それが彼らの父・久邇宮朝彦親王である。朝彦親王は、伏見宮邦家《くにいえ》親王の四男であるが、幼ない時に寺に出された。当時は皇族の数を増やさないために、長子以外の男児は僧侶になるのが普通である。しかも彼の母親は正妻ではない。

朝彦親王も本来ならば、寺ではそれなりに遇されるものの、妻帯も出来ない僧侶で終わるはずであった。

が、時代のうねりは、彼を表舞台へと押し出すのだ。孝明天皇の信頼を受け、公武合体派の立役者となっていくのである。

幕末の動乱の中で、彼は薩長と対立し、ついには広島へと流されるのであるが、それで運命は終わらなかった。明治の天皇は、まだまだ不安定な自分の基盤を固めるため、皇族を重用し始めたのである。宮家の次男、三男たちも還俗《げんぞく》させられた。そして朝彦には結構な額の歳費をくだされたばかりでなく、なかなか上京しない彼のために、邸宅を建てるための宏大な土地も京都に提供されたのである。

それをいいことに、朝彦は町の女たちに次々に子どもを産ませた。鳩彦は八男、稔彦は九男である。二人は揃って学習院から東京陸軍地方幼年学校に入学したが、別に軍人になどなりたくはなかった。しかし仕方ない。皇族が陸海どちらかの軍人になるのは掟で決められていたからである。

桃山時代に出来たといわれる由緒ある桂宮家は、子どもがいないから早々に途絶え、有栖川宮家もやがて跡継ぎが消える。しかし本来ならば寺で生涯を終えるはずだった朝彦親王は新しく宮家をつくり、死んだ子も入れるとなんと十数人の王や王女をなしたのである。これには伊藤博文《いとうひろぶみ》や山縣有朋たちは困惑した。彼らは明治天皇こそこの国の要と信じていたし、それを支える宮家も認めていたものの、まさかこれほど増えるとは思わなかったのだ。

いくつかの法律が出来ては潰され、その合い間にちゃっかり新宮家を創る者さえいた。長子以外の男児は皇族を下がり華族となるべし、という法が出来たのは明治も末になってからだ。

侯爵か伯爵になり、のんびり暮らすことは、稔彦の望むところであった。皇族に生まれてそれほどいいことがあったか、と問われると否と答えるだろう。子どもの頃、母の顔を知らなかった。父の顔もよく知らぬ。生まれてすぐに上賀茂の農家に預けられたからだ。その後は岩倉という村に移り、田舎の子どもたちと毎日遊びまわっていたのであるが、父の朝彦親王が亡くなったために、六歳で上京し、長兄の邦彦《くによし》王の家に引き取られた。そして学習院初等学科に入った。

父朝彦親王が、

「あんな軟弱極まりないところ」

とさんざん嫌っていたところである。

兄邦彦王の邸は、麻布鳥居坂にある。ここで稔彦はさんざんなめにあった。自分には無関心な兄嫁はまあおいておくにしても、許せなかったのは同い齢の兄、鳩彦の母親である。角田須賀子といって漢方医だかの娘であるが、父が亡くなった後も、側室として久邇宮邸におさまっているのである。

宮家といえども、少年同士兄弟喧嘩をする。そんな時は必ず自分の息子の肩を持ち、

「なんと怖しいことをなさるのか」

ときつい目で睨んだ。到来ものの珍しい菓子も、稔彦には分け与えなかった。どうして父がこの女の方を選んだのかわからない。自分の生母は遠い京都に住んでい

て、消息さえわからないというのにだ。

あれは十歳の時であったろうか。稔彦に職員の一人がそっとささやいたのである。

「本当は稔彦さまの方が、兄上になられるのですよ。鳩彦さまが弟君なのです」

なんでも父が稔彦の母よりも、鳩彦の母の方を寵愛していたため、二人の生まれた日をすり替えたというのだ。

「なんともおいたわしいことでございます」

と彼は言ったが、稔彦はそれほどのこととは思えなかった。なぜなら家督を継ぐ長子の座を争うならばともかく、自分は九番め、鳩彦も八番め、なのである。たいした差があるとも思えない。わかっていることは、久邇宮家を継げるのは、長兄のみであり、自分たちは臣籍降下をして、侯爵か伯爵になるだろうということだ。皇族よりもずっと気楽な身分になる。それもいいかもしれないと稔彦は思った。たぶん鳩彦の方が上の身分になるだろうが。


稔彦と鳩彦は二人して陸軍幼年学校に入学した。本来ならば狭き門であるが、皇族は特別の枠で入れるのだ。従兄の北白川宮《きたしらかわのみや》成久《なるひさ》王も一緒だったので、三人のために皇族舎が建てられた。貴い方々をむさくるしい少年たちと一緒にするわけにはいかなかったからだ。三人はこの後、陸軍士官学校へと進む。これももちろん無試験でだ。

入学した頃は嫌でたまらなかった軍人への道であるが、掟で決められた自分たちの運命だと思えば諦めの気持ちも出てくる。いつのまにか稔彦は軍隊に馴じんでいくのだ。生まれつきの負けん気が幸いした。真夜中の突然の点呼にも、一度も遅れることはなかったし、真冬の庭に並ばされても完璧に軍装をし咳ひとつしなかった。過酷な長時間の駆け足も完走した。

高貴な家に生まれた者は、脆弱《ぜいじゃく》に出来ていると思われがちであるが、稔彦はがっしりとした肩幅を持ち上背もある。子どもの時にずっと農家に預けられ、田舎道を走りまわったのがよかったのだろう。

勉学にも励んだ。数学ではいつも、一、二の成績をとり、いつのまにか、

「宮さまはたいしたものだ」

という空気がまわりに出来上がっていく。

鳩彦の方も決して劣等生というわけではないが、彼の方はおっとりと特別待遇を享受しているところがあった。つらい夜間訓練など出来ればやりたくない、という態度をありありと見せる。

いつしかこんな風に言われるようになった。

「鳩彦王殿下は、陸軍大学校をお出になるとフランスに留学することが決まっているのだ。今はご留学に備えて在籍しているだけなのだ」

たぶんそうなるだろうと稔彦は思った。しかし彼と将来のことについて話したことはない。まるで双児のように育ち、同じ学校の同じ学年で学んでいる。が、腹を割って話した、という記憶もまるでない。それは鳩彦の母に、さんざん虐められた記憶によるものでもあるし、肉親にも冷ややかに接する皇室のならわしによるものでもあった。

が、このところ二人は、毎晩のように会っているのである。皇族舎には共有の応接室があったので、そこで煙草を吸いながら、声を潜めて話した。

「北白川のところには、もう御沙汰があったということだ」

「それにしても、聖上《おかみ》がこれほどあからさまなことをされるだろうか」

「わからぬ」

不思議なことが次々と起こっていたのである。

皇族が増えることを快く思っていない伊藤博文、山縣有朋らと、明治天皇とのせめぎ合いは水面下でずっと続いていた。そもそも伊藤らは、維新のどさくさで還俗

し、それまでの反動のように子どもを大量につくり続ける皇族たちに、ほとんど有難さを感じていなかったのである。それゆえ、

「古来からあった、四つの宮家以外のところは一代で終わること」

という法律をつくろうとした。つまり朝彦親王から始まった久邇宮家は、朝彦王の第三男子の邦彦王でおしまいにすべし、ということになる。朝彦王の兄弟たち、山階宮《やましなのみや》家、華頂宮《かちようのみや》家、北白川宮家も同じである。

しかしこれには明治天皇が大反対された。係累が少なく、さんざん苦労された天皇は、宮家は多いに越したことはない、というお考えだったからだ。しかし明治も末になると、枝分かれしていった新設の宮家に、何人もの男児が誕生している。

これならば大丈夫と思われた天皇は、明治四十年、皇室典範の増補についに裁可を下された。それは長子以外の皇族は華族に臣籍降下することあるべしと、はっきりとうたっているのである。これで増え続けている宮家の王たちも整理出来ると、為政者たちが胸を撫でおろしたのもつかの間、天皇は突然行動を起こされた。この規定が施行される直前、長男ではあるが、庶子であるため当主になれない北白川宮恒久《つねひさ》王に、新しい宮家を創設するように命じたのだ。名前も決めてあった。竹田宮《たけだのみや》という。

その恒久王の運命は、近いうちに訪れる稔彦と鳩彦の運命なのでもある。

「やはりそうなるのか」

「しかし聖上ともあろうお方が」

灰皿に吸い殻が山のようにたまっていくが、話すことは堂々めぐりである。

明治天皇には十五人のお子がいらした。正妻である皇后との間には一人もいらっしゃらない。皇后は非常に美しい方であるが、お体が小さくまるで少女のようである。あれでは御子をつくるのは無理だろうとまわりの者たちはささやき合った。

その代わり側室たちが何人も産んだのであるが、たいていは夭折《ようせつ》している。男子で無事にお育ちになったのは皇太子おひとりである。この方も大層お体が弱く、みなやきもきしていたものであるが、何年か前に賢く健康な妃を得て、皇子も次々と誕生していた。

それはいいとして、おそらく天皇が案じられていたのは、側室園祥子《そのさちこ》との間に生まれお育ちになっている四人の内親王であったろう。

明治天皇の四人の内親王は、皇室が富と力を得た後の初めての娘たちなのである。どうかよいところに嫁がせたいと天皇が考えても無理はない。

が、稔彦も鳩彦も腑に落ちなかった。娘を出来るだけ条件のいいところに嫁がせたいというのは、ふつうの父親の心境ではなかろうか。聖帝と人々が崇める方が、そのような凡庸なお心を持つものであろうか。

ましてや天皇家にあって親子の縁は薄い。四人の内親王たちは幼ない頃から御学問所で育ち、父君とはそう会っていないはずである。

明治天皇はおそらく、娘たちの顔と順番もあまり把握されていないのではないだろうか。

それでも華族のところにおやりになり、侯爵夫人や伯爵夫人にするのはお気が進まなかった。それで嫁ぎ先の王に新しい宮家をつくらせることを考えたに違いない。

そして天皇は決断されたのである。若い皇族に娘を嫁がせようと。

四人の内親王に対して、若い王は四人いた。しかもみんな明治二十年生まれである。明治天皇は、下々の言葉でいえば〝駆け込み〟のようなことをなさろうとしているのである。

「世間の者たちはもう噂している」

鳩彦は首を横に振った。上司や同輩の表情の中に、軽い揶揄《やゆ》があるのを稔彦は見逃さない。帝のお姫さまをもらって宮家の当主になる。これで将来は安泰であろう。

稔彦は口惜しい。厳寒の真夜中の訓練、重い背嚢《はいのう》を背負っての数十キロの行軍、

歯を食いしばってやってきたことが、すべて無になるのではなかろうか。自分の行く道は自分で切り開いてきたつもりであった、しかし人はそう見ないのである。

それに……それに……まことに申しわけないことであるが、四人の内親王は、

「ご体裁があまりよくない」

という噂であった。体裁というのはご器量のことだ。

今の世の中、美しい女たちは華族の中にいた。鍋島《なべしま》侯爵家から来た梨本宮伊都子《なしもとのみやいつこ》妃は皇族一の美女として有名だったし、前田や島津といった旧藩主の家からも目の覚めるような美人が出ていた。徳川の世、金にあかせて綺麗な女たちに子どもを産ませてきた者と、御所にこぢんまりとひっそり暮らしてきた者との差ではなかろうか。

それでも末の聡子《としこ》内親王はなかなか可愛らしいのだが、他のお三人は平凡というのか、内親王らしい華やぎがなかった。若い皇族たちの評定にものぼったことがない。

「自分たちは好きな女と結婚出来ないことはわかっている」

鳩彦がふーっと息を漏らした。面長の整った顔をしている彼は、久邇宮家の小間使いたちに騒がれていたものだ。

「そんなことはわかっているが、外で好きな女もつくれないということか」

正妻に別に愛情などいらない。愛情を注ぐ女は外につくればよい、というのは彼らのような高貴な者たちの常識であった。しかし内親王をいただいたらそんなことは許されないだろう。夫として一生忠誠を誓わなくてはならないのだ。

「内親王などというのはご免こうむりたいものだ」

鳩彦は六本めの煙草に火をつける。

「一生が固苦しいものになってしまうではないか。そうでなくても、自分たちは宮家に生まれて、あれこれ苦労した。人は苦労とは言わないかもしれないが、あれはまさしく苦労だ。人の倍も三倍も努力して、やっと特別扱いという枷《かせ》を外すことが出来るんだからな」

これは意外な言葉であった。稔彦からすると、鳩彦は軍隊の場でも、さんざん皇族である特権を行使していたように見えるからである。

「もしいただけるならば」

鳩彦はつぶやいた。

「泰宮《やすのみや》さまにしていただきたいものだ」

末っ子の内親王である。

「自分はとにかく内親王はご免こうむりたい」

稔彦ははっきりと口に出して言った。

「生涯おしいただいて、床の間に座っていていただく、そんな妻がいたとしても何の楽しいことがあるだろう」

「それはそうだが……」

鳩彦は押し黙ったが、唇に微笑のかけらのようなものが浮かんでいるのを稔彦は見逃さない。末娘の泰宮との縁談なら悪くない、と考えているのだろう。

明治二十年生まれの四人の青年のうち、まずいちばん早く婚約が発表されたのは、北白川家の当主、成久王である。相手は上から二番めの房子《ふさこ》内親王だ。成久王が父を亡くし、八歳で宮家を継いでからというもの、内親王との縁談は誰しもが予想していた。

そして明治三十九年、北白川宮恒久王と昌子《まさこ》内親王との婚約、竹田宮家創立が正式に決まった。竹田宮というのは、京都伏見の竹林にちなんだものとされている。

そして驚いたことに、同じ日に鳩彦王と允子《のぶこ》内親王との婚約も発表されたのである。新しい宮家は朝香宮《あさかのみや》という美しい名前がついたが、これに関して稔彦は鳩彦から何の相談も受けなかった。いくら機密事項といっても、彼はひと言も漏らさなかったのである。

が、稔彦はそれほど腹が立たない。正直、

「ざまあみろ」

という気持ちだったかもしれない。なぜなら富美宮《ふみのみや》こと、第八皇女允子内親王は、

「いちばんご体裁がお悪い」

とささやかれていたからである。俗に〝女中顔〟というお顔立ちで、丸顔に垂れ目である。庶民の娘ならば、愛嬌ある、と表現されたかもしれぬが、内親王となれば話は別だ。

彼の母は、恐懼《きょうく》し喜んでいるだろうが、稔彦にしてみればやはり〝いい気味〟なのである。

これというのも、生まれた日をすり替える、という姑息なことをやったからだ。いくら父朝彦親王が決めたことだとしても、それを貫き通した鳩彦とその母に非がある。

そのおかげで鳩彦は自分の兄ということになり、順番としてあの内親王が嫁いでくることになったのだ。自分が真実どおり兄だったら、あの内親王を押しつけられたことになる。本当によかったと稔彦は胸を撫でおろすものの、自分には何の沙汰

もないのである。

「内親王などいらぬ」

と鳩彦には言ったものの、同い齢の三人の皇族が次々と婚約していくのを見ると、何やら不安になってくる。天皇は自分のことを快く思っていないのではないだろうか。進学した士官学校でもそのことが気になって仕方がない。

そして二人の婚約から七ヶ月たった頃、稔彦は兄の邦彦王から言われた。参内《さんだい》することになったのでついてこいと。

稔彦はこの年の離れた長兄が苦手である。

父の朝彦親王も相当変わった人間であったが、この邦彦王も、尊大で奇矯な行動をとることで知られていた。邦彦王には良子《ながこ》という娘がいるが、いずれ皇孫に嫁がせようと画策していると専らの評判だ。しかししっかり者の皇太子妃が、邦彦のことを嫌っているので、この縁談は難しいのではないかと多くの者は噂している。

ともかく馬車で皇居に向かった。皇居などというところは、年賀の儀式以外に行ったことがない。天皇に直に拝謁するのも初めてである。何人かに導かれて御座所へと向かう。

天皇はこのところの二つの戦争で、大層お弱りになったと言われているがそのとおりであった。肖像画や写真で拝見するよりも、はるかに痩せた老人が椅子に座っていた。

「稔彦でございます」

兄がおごそかに告げるが、稔彦は頭を垂れたままだ。

「このたびの新宮家創設のおぼし召し、まことに有難く、このうえはただただ陛下のご恩に応えるべく励んでまいります」

稔彦はあれ、と思う。そんなことは聞いていなかったのだ。この皇居に来たからには多分そうだろうという気もした。が、天皇から言い渡されるのではなく、既に兄との間には話がついていたのである。今日は自分は礼に来たのだ。

「幾つになった」

突然ご下問があった。邦彦が目で合図する。返答してよいと言っているのだ。

「二十二歳でございます」

「それならば泰宮と九つは離れているな」

頷かれた。

「仲よくやるがよい」

そこで稔彦は、自分の相手が十三歳になる泰宮こと聡子内親王だと確認したのである。

新しい宮家は東久邇宮家と名づけられた。いかにも久邇宮家の分家のようで気にくわないが仕方ない。何といっても、年間に三万四千円という歳費をもらうことになったのだ。結婚するということで、鳥居坂の近くの市兵衛町に邸宅を建てた。これは彼にとって少々気恥ずかしいことであった。なぜなら参内の後、稔彦は長兄に対して、

「何も聞いていなかった」

「自分の意見も聞かずに承知したのか」

とさんざん文句を言ったからである。もちろん彼も天皇の命に反することが出来るなどとは思ってもみなかった。ただ、次第に腹が立ってくるのは、竹田宮、朝香宮の婚約、宮家創立から、自分だけ八ヶ月も待たされた、ということである。この間、世間ではいろいろ取り沙汰されていることが耳に入ってきた。それは稔彦の人格や軍人としての素質に天皇が渋っていらっしゃるというのだ。

「鳩彦と間違えているのではないか」

軍人としては自分の方がはるかにすぐれている、ということは誰の目にもあきら

かだ。鳩彦に許されて、自分が保留されていたことの根拠は何なのか……などということを言い立てて稔彦は長兄を辟易させた。そして最後は、

「お前は聖上に楯つくというのか」

という怒鳴り声で終わったのだ。

しかも内親王との婚約は二度も延期された。明治天皇の皇后、昭憲《しょうけん》皇太后が大正の御代になってから崩御されたからだ。あれほど不満を口にしながら、いつのまにか稔彦は不安にとらわれるようになった。邦彦王の娘、良子の婚約も暗礁に乗り上げているので、もし自分にも難が降りかかったらどうしたらいいのか……。

しかし大正四年、無事に婚儀の日はやってきた。稔彦は陸軍の軍服に勲一等旭日桐花大綬章をつけた。対する聡子内親王は、桃色のローブ・デコルテという正装である。若いからなかなかよく似合っている。

稔彦は異母兄の婚儀の日を、意地悪く思い出す。朝香宮は束帯、允子はおすべらかしに十二単衣であるが、平べったい丸い顔にまるで似合っていなかった。

「鳩彦もついていないな」

父親が生年月日を誤魔化したばかりに、まるで魅力がない女と一生暮らしていかなくてはならないのだ。内親王をいただいたからには、側室はおろか、外に妾もつ

くれないはずだ。自分たちにはもう妻しか知らない人生が待っている。
まだあどけなさの残る新妻の顔を眺めながら、稔彦は勝ち誇ったような気分にな
る。早く男児をつくらなくてはならない。先帝によって、新宮家も永遠に続くこと
が保証されているのだ。
稔彦はふと亡くなった父のことを思い出した。父だったら、きっとこのことを喜
ぶだろう……とはまるで考えなかった。寺で終わる生涯に果敢に挑み、自分で宮家
を立て、子どもたちにも新しい宮家をつくらせた。が、本当に父は、宮家にそれほ
ど執着していたのだろうか。執着していたのならば、京都から出ていこうとしなか
ったあの頑なさは何なのだろう。
宮家などそれほどのものとは思っていない。それなのに子どもをつくり続けたの
は、自分を窮地に追いやり、辛苦をなめさせた薩長出身の権力者たちに、一矢を報
いるためだったのではないか……。
稔彦がはっきりとそう考えるようになったのは、フランスをさまようようになっ
てからだ。

結婚して五年たち、稔彦はフランスに出発した。かの地の陸軍大学校に入るとい

うのが名目だ。その後、イギリスなど欧州各国を視察したい、三年間の予定だと彼は新聞記者にははっきりと語った。

しかし彼のフランス滞在は七年にわたったのである。最初はフォンテーヌブローの森の近くの屋敷を借り、砲兵学校に通ったり、フランス語の勉強をした。皇族のたしなみとして、彼は幼ない頃からフランス語を習っていたが、現地ではまるで通じないことがわかったからである。

そこを卒業した後、入学したのは私立の法律学校であるが、ここにはたいして通ってはいなかった。次第にパリという魔都に魅了され、毎晩のように酒場に通い、さまざまな芸術家に会った。モネのアトリエに行くことも出来たし、藤田《ふじた》嗣治《つぐはる》とも親しくなった。金には不自由していない。年二十万という大金が送金されていたのである。

そのうちに北白川宮成久王や朝香宮鳩彦王たちもやってきた。サン・シール陸軍士官学校に留学するということである。いくら異国といえども、鳩彦と親しくするつもりはなかったが、成久王は別だ。学習院初等学科から陸軍幼年学校とずっと一緒の仲なのである。稔彦は先輩風を吹かせ、彼をキャバレーや劇場に誘う。これは大層楽しかった。成久王とは本当に気が合う。

一九二三年の三月末のことである。成久王が、稔彦のアパルトマンにやってきた。四月一日に自動車でドーヴィルまで行く、一緒に乗っていかないかと誘ったのだ。しかし稔彦には先約があった。かねてより顔見知りの日本大使館一等書記官、徳川家正《いえまさ》とロンドンで会う約束をしていたのだ。

「私がこんなに頼んでいるのに駄目だというのか」

彼は激昂し、次にしくしくと泣き出した。そしてどうしても稔彦に話したいことがあるというのだ。稔彦は成久王を自分の書斎に招き入れた。向かい合ってみると、彼の顔は非常に青ざめていた。

彼は美少年で知られ、陸軍幼年学校時代は上級生から手紙をよく貰っていたものだ。皆が憧れた〝美貌のプリンス〟の頬がげっそりこけていることに驚く。

「この頃、自分が死ぬ夢をよく見るんだよ。怖いほど毎晩だ」

「縁起の悪いことを言うなよ。遠い国に来て疲れているのだろう」

「いや、違う、自分はもう生きているのがつくづく嫌になったんだ」

成久王は明治天皇の上から二番めの皇女、房子内親王が妃であった。夫婦仲は悪くなく、留学には妃も同行していたはずだ。稔彦は強い口調になる。

「内親王をいただいた我々が、生きているのが嫌になった、というのは大変な不忠である。許されることではない」

「そんなことはわかっている。死にたくないなら貴様のように逃げるしかないだろう」

稔彦はおし黙った。確かにそのとおりだったからである。三人の子どもをなしながら、妃とはまるで心が通じ合わない。心というよりも言葉が通じない。自分の発した言葉が、相手にうまく届かず、違う反応が返ってくるという暮らしを、もう五年もしてきたのだ。よく耐えていたものだと思う。それなのに成久王は違う。妻よりも、母や弟のことが問題だというのだ。

「自分は弟にも疎《うと》まれ、母ともうまくいっていないのだ。弟は自分に恨みごとを言いながら死んでいった。それを聞いたつらさが、貴様にわかるか」

成久王はそう言ってまた泣き始めたので、稔彦はすっかり白けてしまった。成久王は三男であったが、正妻の子どもで父が亡くなったため幼なくして北白川宮家の当主となった。よって内親王をいただくことは当然で、稔彦とはわけが違う。内親王を嫁がせるために、にわかに宮家を創らされ、世間からあれこれ言われる自分たちを見てみろと言いたい。

「少し疲れているのではないか。絶対に運転は自分でしないことだな。ゆっくりとドーヴィルを楽しんでくればいい。あそこは綺麗な海岸らしい」

　そう言って王を帰したことを、稔彦はずっと後悔することになる。ロンドンで悲報を聞いたのだ。パリの郊外で、成久王の乗る車が大木に衝突した。王と運転手は即死、妃は重傷。そして驚いたことに、成久王は自分の替わりに鳩彦を同乗させていたのだ。鳩彦も大怪我を負っていた。


　その年の九月、東京では未曾有の大地震が起こる。稔彦の五歳の次男は家の下敷きになって亡くなった。しかし稔彦は帰国しようとはしなかった。やがて稔彦のあまりにも長い遊学は、宮内大臣も出てくる大問題になっていく。滞在費を削る話にもなったのだがそれでも稔彦は動じない。生母の園祥子が出てきて、娘の聡子妃と話し合うという事態にまでなってもだ。

　宮内省や陸軍、長老の皇族たちもこの重大事に頭をかかえた。その議論の最中、稔彦はパリに愛人がいるかいないか、ということになった。

「東久邇宮は、日本にいらした頃、芸者遊びをいっさいなさらなかった。パリで商売女をお知りになったのではないか」

　などと下世話な意見も出たことを稔彦は遠いパリで聞いた。そんなことはない。

もちろん商売女とつき合いはあるが、それよりも日本に帰り、言葉の通じない女と暮らすことにうんざりしているだけなのだ。

七年が過ぎ事態は動いた。大正十五年、帰国を促すために大山柏《おおやまかしわ》公爵と町尻量基《まちじりかずもと》少佐がやってきたのである。それでも稔彦はのらりくらりとかわした。本当に帰国したくなかったのである。しかしそうするうちに大正天皇の崩御があった。もうこれ以上は許されない。大喪に参列するために、稔彦はいやいや帰国の船に乗った。なんと時代は昭和になっていたのである。

それからいろいろなことがあった。稔彦のあまりの行動に、臣籍降下すべしという声がかなり強くあちこちで起こったのである。これは秩父宮《ちちぶのみや》の尽力で回避されたものの、夫婦の亀裂はどうしようもないところまでいき、しばらくは別居となった。二人はかなり長生きしたが、夫婦の不仲は天皇も案じられるほどであった。

稔彦が朝香宮邸を訪れたのは、昭和八年のことである。允子妃が腎臓病で死の床につき、六人の皇族がベッドのまわりに集まったのである。宮妃はまだ四十二歳という若さであった。死の床にある宮妃の傍に、夫の鳩彦王がぼんやりと立っている。その表情からは何も読みとることは出来ない。

そしてまことに不謹慎なことであったが、義姉の死の悼みよりも、稔彦は竣工したばかりのこの邸宅の見事さに目を見張った。パリでも、アールデコに徹したこれほどの邸宅はなかなか見られない。煙草を吸うふりをして、廊下をふらふらと歩いた。アールデコの粋を集めたような邸だ。

きっかけはあの自動車事故であった。北白川宮成久王が亡くなり、鳩彦も大怪我を負った。その時允子妃は急きょパリに渡り、献身的な看護をしたのだ。やがて鳩彦は、回復に向かい、夫婦であちこちを見物するようになった。その頃パリで開かれていたのが産業美術国際博覧会で、妃はたちまちアールデコの虜《とりこ》になったのだ。

妃はインテリアデザイナーを見つけ、自分たちの夢を伝えた。妃のフランス語は折り紙付きだったので何の不自由もない。しかも妃はスケッチを何枚も描き、アイデアを伝えた。書物を集め自分でも建築について学んだ。ルネ・ラリックの工房にも行き、窓ガラスひとつにもこだわった。

が、莫大な工費は歳費だけでまかなえるものではない。妃は勇敢に投資も始め、なんとか工事へとこぎつけたのだ。

聡明で行動力がある妃が、このような芸術品のような邸宅をつくり出したのだ。

もし朝彦親王が小細工をせず、自分を年上にしていたら、自分は允子と結ばれこの邸の主となっただろうか。いや、そんなことはあり得ない。自分たちと同じように、鳩彦夫婦の不仲もよく知られていたことなのである。この邸宅にかけた允子妃のなみなみならぬ情熱は、夫婦間の満たされぬ思いを埋めるものだったと、人々はこっそり噂している。

允子妃は幸せだったのか、他の内親王たちは……。自分の妻は幸せではない。それははっきりとわかる。

ではどうすればよかったのだ。帝の娘という、日本でいちばん誇り高い女たちの夫として、自分たちはどうすればよかったのだ。

パリでの北白川宮成久王の、最後の言葉が甦える。

「貴様のように逃げるしかないだろう」

確かに自分は逃げようとした。しかしこうして連れ戻されたではないか。

一方、今日、鳩彦は永遠の逃亡がかなうのである。先ほどから自分の胸にしのびよってくるものは、決して悟られてはいけない感情である。それはかすかな羨望というものであった。

長方形の窓から外を眺めていた稔彦に家司《けいし》が近づいてきた。

「そろそろかと……」

臨終の時が近づいているのだ、もう一度空に目をやる。高貴な者が逝くのにふさわしい、抜けるような青空であった。

皇后は闘うことにした

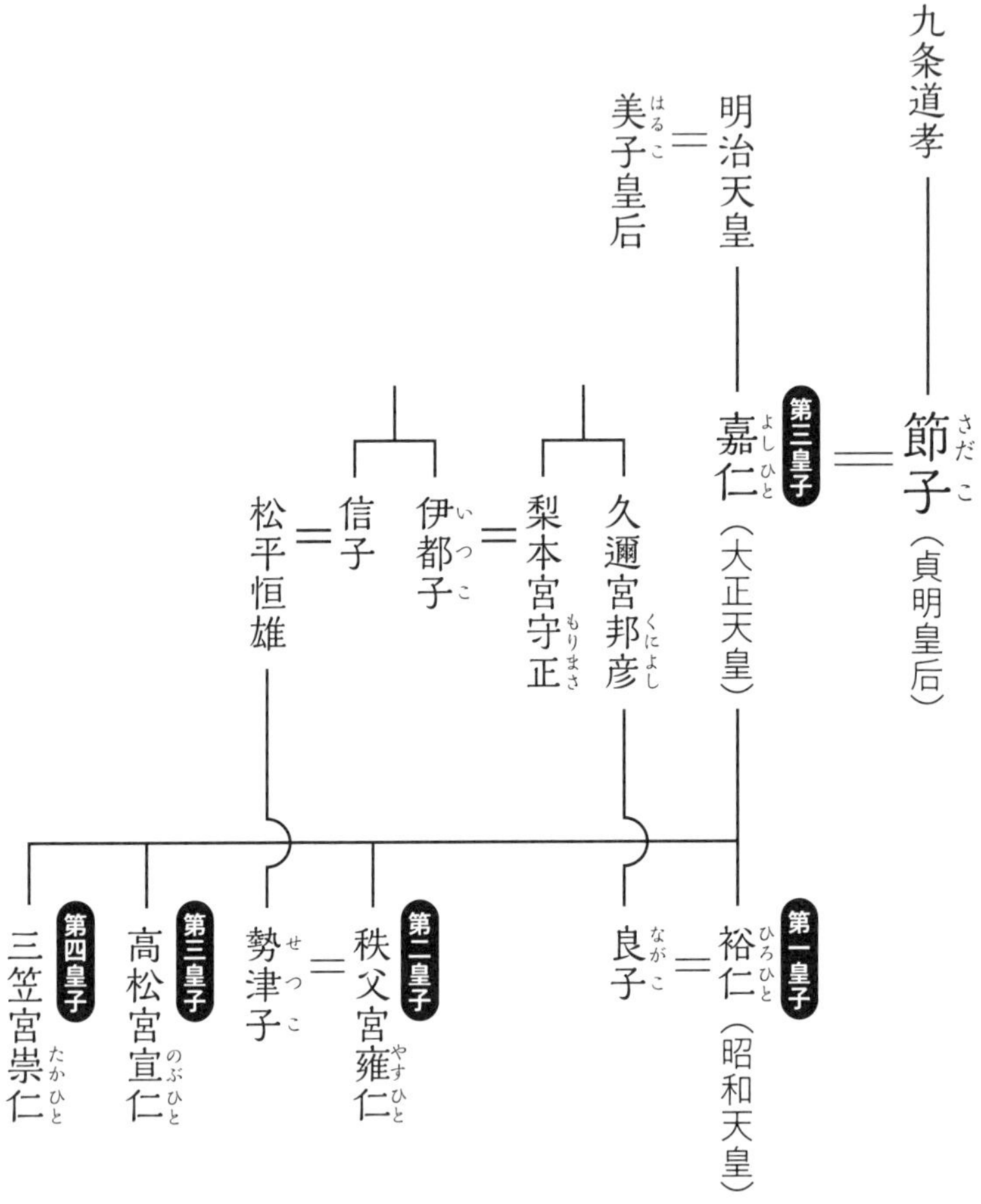
九条道孝
明治天皇
美子《はるこ》皇后
第三皇子
嘉仁《よしひと》（大正天皇）
節子《さだこ》（貞明皇后）
久邇宮邦彦《くによし》
梨本宮守正《もりまさ》
伊都子《いつこ》
信子
松平恒雄
第一皇子
裕仁《ひろひと》（昭和天皇）
良子《ながこ》
第二皇子
秩父宮雍仁《やすひと》
勢津子《せつこ》
第三皇子
高松宮宣仁《のぶひと》
第四皇子
三笠宮崇仁《たかひと》

明治三十三年五月、十五歳の節子《さだこ》は花嫁となった。

この時代、十五で嫁ぐことはそう珍しいことではない。が、節子が他の花嫁たちとまるで違っていたのは、相手が皇太子であったことだ。いずれはこの国の天皇となることが決まっている花婿である。

式は宮中賢所《かしこどころ》で行なわれ、夫婦となった二人は天皇などの霊をまつる皇霊殿に深々と頭を下げる。さらに儀式は進み節子は唐衣《からぎぬ》から正装に着替えた。洋装のマント・ドゥ・クールは、ローブ・デコルテよりもさらに格が高く、腰から長いトレーンが流れている。これはあまりにも長く、新年の儀の際は、皇后のご衣裳の裳《も》は、学習院から選ばれた二人の美少年が持つことになっていた。節子の場合はトレーンを左の手で持つように教えられていた。慣れていないために動きがややぎこちないが、それでも髪を結い上げた首筋や肩のあたりから若さがにおうようであった。宝石がきらめく王冠はさすがに重たげであるが、決してうなだれることはなかった。

こうしたやんごとなき方の容姿については、美辞麗句が連なるのが例であるが、節子の場合はそうではなかった。

その日の新聞にはこう書かれているのである。

「是れと取り立てて申すべき花々しき御事などはなかりしが、未来の国母《こくも》として、些少だも欠点を有し賜ざる御方」

書いたのは華族女学校学監の下田《しもだ》歌子《うたこ》である。下田歌子は歌人として知られ、宮廷で厳然たる地位を持っていた。特に美子《はるこ》皇后のおんおぼえはめでたく、皇太子妃の選定についても大きくかかわっていたと言われている。その下田が、十五歳の花嫁に対して、なぜこのような無礼を働くのであろうか。

いや下田は、このことを礼を欠いたこととは思ってはいない。ごく正直に経緯を書いただけだ。

「ことさらに美しかったり華があるお方ではないが、とにかく健康であられる。すぐに御子をあげられるはずである。今はそれがいちばん大切なことではないか」

実はこの日までに、宮中ではさまざまな思惑がとびかい、政府の重臣たちも議論を尽くしていたのである。

全ては節子の夫となった皇太子嘉仁《よしひと》が理由である。二十歳になる皇太子は、きゃしゃで肩のあたりもほっそりとしている。目鼻立ちが大きく、美男といえないこともなかったが、表情や動作に青年らしい潑剌《はつらつ》としたところが見られない。皇太子は体が弱いことで知られていた。仮死状態で生まれた皇太子は、全身に発疹があり、それが長いこと治らなかった。発作に襲われ寝込むこともしばしばで、その体調は宮中を一喜一憂させていたのである。

この国を近代へと導いた偉大なる明治大帝には、何人かの側室がいて、十五人の御子がお生まれになったが、成長した男子は皇太子おひとりである。壊れやすい大切な宝のように扱われてきた皇太子に、いったいどのような妃がふさわしいのであろうか。

最初は正攻法で選定がおこなわれたため、身分の高い美しい姫が選ばれた。伏見宮禎子《ふしみのみやさちこ》女王であった。禎子女王の美しさ、気品は華族女学校でも群を抜いていて、まわりは真っ白い肌をしていることから、「雪姫さま」と呼んでいたという。天皇も大層お気に入りになり、皇太子妃となることは内定していたのである。

しかし異を唱える者が現れた。陸軍軍医総監で宮中顧問官でもある橋本綱常《はしもとつなつね》が、ある日山縣有朋首相を訪れた。そして絶対に禎子女王が皇太子妃になってはいけないと直訴したのである。

「あの女王さまでは、子どもをお産みになることは出来ないでしょう」

皇族たちの健康診断をしている、ベルツ博士がそう断言したというのである。驚いた山縣は、さっそく天皇に申し上げ、そこから騒動が始まったのである。

まことに畏れ多いことであったが、人々は皇太子の寝間のことを想像し、案じていた。少年のように痩せて身体がお弱い皇太子が、お子をつくるのは非常に困難なことではなかろうか、もし本能でそれがお出来になっても、お相手もかぼそい「雪姫さま」ではこころもとない。

「それにここだけの話でございますが……」

橋本は声を潜めた。

「禎子女王さまは、胸がお悪いのではないかという者もおります」

肺病は死病であるし感染もする。これには皆、青ざめて首を振った。といっても、宮中において内定していた縁談を取り消す、などということは、あり得ないことだ。

その時、

「この御内定はまだ世間には発表していないことである」

とことを通したのは山縣である。彼のこの強引さは、後に大きな問題を起こすのであるが、とにかく皇室のため、わが国のため、と押し切った。

維新から三十年。日本の体制はまだまだ脆弱である。皇族や華族といったシステムは出来上がりつつあったが、肝心の天皇家が途絶えてしまっては何もならない。破談については天皇からもお許しが出て、山縣は禎子女王の父、伏見宮貞愛《さだなる》親王に告げることとなった。伏見宮は、最も古い四つの宮家の一つである。維新に伴い、次々と出来た宮家とは違う。誇り高い名門であるが、伏見宮はあっさりと承諾した。おそらく女王に、そうした疑いがあることは、薄々承知していたに違いない。

人々は安堵した。考えてみれば、ひと昔前なら簡単に解決した問題なのである。皇太子に何人もの側室をあてがい、気に入った女との間に、何人も御子をつくっていただけばよいのだ。しかし日本も諸外国とつき合うようになり、一夫多妻など到底許されることではないということがわかってきた。皇太子の妃はあくまでも一人なのだ。そうなると選考基準はおのずから決まってくる。そう、健康なのだ。

やがて下田歌子を中心とした、何人かの女たち、自然に華族女学校に出入りすることが出来る者たちが、密かに選考を始めた。

健康な少女を、たくさん子どもを産めそうな少女を。女たちは注意深く校舎の中に入り込み観察した。特に熱心に見学したのが体操の時間である。袴姿に襷《たすき》掛けの少女たちが校庭に並ぶ。

「もっと手を伸ばすのでございます」

教師の声に、少女たちは機械的に手を動かす。深窓の令嬢とはよく言ったもので、貴族の娘たちは、たいてい小柄で顔が青白い。まだテニスや乗馬といった娯楽は普及していなかった。

そんな中、最終的に決まったのが九条《くじょう》節子である。「雪姫さま」とはうってかわり、大層色が黒い。事実、親しみを持って級友たちから「黒姫さま」と呼ばれていた。見るからに健やかで、体操をしていても群を抜いて手足が伸びる。動作に張りがある。

それもそのはずで、節子は生まれてすぐに高円寺の豪農に預けられ、四歳までそこで育っていた。貴族がしかるべき庶民に、子どもを託すのはそう珍しいことではない。幼少期の健康のためだ。しかし節子が他の姫たちと違っていたのは、広い裏山や庭を走りまわる暮らしを大層好んで、華族女学校に入ってからも、休みのたびに訪れていたことだ。きょうだいのように育った、預かり先の子どもたちと柿をもいだり栗を拾ったりするのも楽しかった。こんなことが許されるのも、九条家でそれほど重く扱われていないことが大きい。節子は公卿の名門である九条家に生まれた。どれほど名門だったかというと、華族令がしかれるやいなや、いちばん重い公爵を授けられたことでもわかる。

節子は父道孝の四女であるが、正妻の子どもではない。側室の母は、節子の前にもう二人娘を生んでいる。他にも五人、母親が違うきょうだいがいた。ものごころついた時には、もう母親はおらず、父の正妻に育てられた、ということになるのであるが、公卿はそもそも肉親の睦み合いというものがない。食事も召使いにかしずかれ、ひとりでとるのがふつうである。

だが節子が育った高円寺の大河原家は違う。家族でにぎやかに膳を囲む。幼ないながら節子がいちばん上座に座っているが、それでも男の子たちはちょっかいを出す。節子の好物の菜を奪ったりするのだ。それを母親のていが叱り、父親がとりなす。大鍋の中には湯気のたつ実だくさんの汁があり、大家族のために女中がせわしくよそっていく。やがてお腹がくちくなると、節子はていの膝にうつって首に手をまわす。生まれてすぐに引きとられた節子は、ていの乳で育っているのだ。

「姫さんのように、器量がよくて賢い女の子はまず見たことがない」

ていはささやく。

「私らとは身分が違うからあたり前のことだけれど、姫さんは賢い。姫さんは器量よしだ。こんな子はまず見たことがない」

その言葉を子守唄のようにして、節子はいつのまにか寝入ってしまう……。

そんな日が懐かしくて、節子は何度高円寺を訪ねたことだろう。さすがにていの膝に乗ることはないが、裏庭の果物をむいてもらいながら、とりとめのない話をする。ていは母親のいない節子の縁談をずっと案じていた。きちんと面倒をみる人間が、ご本家にはいるのだろうか。もし嫁《い》き遅れになったり、ずっと身分の低い華族のところに嫁がされたら、どうしようかと。

「姫さまのように、綺麗で頭のいい方は、この日本中どこにもおりません。きっときっと、よい方が見つかりますとも。ばあは信じておりますよ。本当ですとも」

そんなていであるから、節子が皇太子妃になると決まった時、彼女は驚き恐懼《きょうく》した。

「天上にあがられる方に、数々のご無礼をいたしました」

大切にとっておいた、幼ない節子が描いた絵や作文、そして自分たち家族と撮った写真も全て宮内省に返却したのだ。そして二度と節子のことは口にしないと、誓紙まで書いたほどである。

が、そんなてい夫妻のことを節子は忘れない。婚約が決まってからすぐ、突然大河原家を訪れている。そして自分との思い出を全て失くしたであろう、てい夫妻にこんな歌を色紙に書いた。

「むかしわがすみける里の垣根には　菊や咲くらむ栗や笑むらむ」

「ものごころ知らぬほどより育てつる　人のめぐみは忘れざりけり」

そして十五歳の節子は、皇太子のもとに嫁いだのである。


宮廷にはまだ明治は訪れてはいなかった。

帝こそ洋服を好まれ、朝食もトーストとコーヒーを召し上がる生活をしていらしたが、女官たちは相変わらずおすべらかしに緋の袴という、江戸時代と変わらぬ衣裳を身につけていた。伝統にのっとり真白く化粧をするのも昔どおりだ。明治三十年代になっても、漏電を恐れて電気はひかれていない。ろうそくの明かりの下、長い長い廊下を女たちは亡霊のように歩く。そして高い声で帝が起床されたことを告げるのだ。

「おひるでごじゃっどー」

「おひるでごじゃっどー」

そこに君臨するのが皇后美子である。一条家の出身で大層小柄である。つんと鼻が高く、帝は「お天狗さん」というあだ名をおつけになった。その他の側室たちにも帝は愛称を与えられた。

やがて国の政策により、美子皇后は洋装をお召しになるようになった。ヒールの靴をお履きになるのは大変であったろうが、皇后はそれによく耐えられた。やがて豪華極まりない大礼服、マント・ドゥ・クールも着こなすようになった。三メートルのトレーンをひく赤い大礼服は、皇室のおしるしである菊の花が、びっしりと刺繍されている。それに従う女官たちがみなおすべらかしなのは、やはり異様な光景といってもいい。

一方、節子と皇太子が住まう赤坂の東宮御所は、宮廷の出張所といったところであろうか。節子の教育係として六人の女官がそこにはいた。もちろん皆、緋の袴をひきずっている。女官長は万里小路《までのこうじ》幸子《ゆきこ》といって六十過ぎの老女だ。宮中に長く仕え、皇后美子からも深い信頼を得ていた彼女は、覇気のある亡霊といってもいい。しきたりと皇室の精神とを、若い皇太子妃に教えようと必死だ。

成婚の年、東京に雪が降った。節子は庭に立つ。整然とした御所の木々も、真白い雪が積もると、いつものとりすました雰囲気がなくなる。それは節子が愛してやまない、大河原家の庭を思い出させた。

ぷるっと首を振る。すると体中から、抑えがたい力がわいてくるのがわかった。

「さあ、いくよ」

若い女官たちに雪のかたまりを投げた。最初はキャーキャー叫んで逃げまわっていたが、そのうちに向かってくるものが現れた。固い雪のかたまりは、節子の肩に命中した。

「やったね。でも負けないから」

節子は両手を使い、同時に二個のかたまりをつくる。そして思いきり投げる。どちらもあたった。御所の庭は、しばらく雪合戦の場となったのであるが、このことは万里小路を通じて宮内大臣へ、宮内大臣から美子皇后に伝えられたのである。

「皇太子妃はお転婆で困る。女学生気分が抜けない」

まわりの者たちがそう言っているのを節子は知っていた。実際万里小路からもきつく注意される。が、そんなことは何とか耐えられた。嫁ぐ時に父の道孝から言われたことがある。

「そなたは九条の娘や。天皇さんとずっと一緒に生きてきた家や。皇太子さんやから言うて、ひけめに感じることはない」

しかし父は、夫にどうやったら愛されるか、ということは教えてくれなかった。

明治三十一年に日本も「一夫一妻」とすると、民法で規定された。その世において、嘉仁と節子は、睦まじい夫婦となり、一日も早く子をなさなければいけないのだ。

しかし夫が何を考えているのか、節子はよくわからない。高貴な人は多弁である必要はないが、せめて妻にだけは心の内をはっきりと言葉にして欲しいと思う。

夫が初めて節子に要求したことがある。それは日光の御用邸に出かけた時、外国人が着ているようなかっちりとした旅行服を着てくるようにと口にしたのだ。しかし鉄道に長い時間乗ることから、節子は着慣れた軽い洋装でいきたいと主張し、怒った皇太子はしばらく口をきかなかった。この時は皇后宮大夫の取りなしでベルトのついた旅行服を着たものの、どうしてこのようなことで憤るのか、節子にはまるで合点がいかない。

「殿下は国のために、少しでも西洋に追いつこうとなさっているのです。だから妃殿下にも、外国人と同じ洋装をしていただきたいのです」

本当にそうだろうか。国のためというよりも、自分の好みのため、という気がして仕方ない。

夫は非常に寡黙であるが、激しい好みがある。が、不器用なうえに身分上それを口に出せないためにしばしば奇矯な行動をとる。

美しく若い女官がいた。皇太子は彼女のことが気になって仕方ない。皆の前で自分の吸いかけの葉巻を渡し、自分が取りに来るまでじっと持っていろと命令したりする。相手が困惑してもお構いなしだ。

しかしこういう出来事が御所の中で行なわれたならば、まだ秘密を保つことは出来ただろう。若い女官相手の出来事と同じ頃、関係者を仰天させたある事件が起こったのである。

鍋島《なべしま》侯爵家の長女伊都子《いつこ》は、母栄子《ながこ》の血をひいて大変な美人として知られていた。気品高い美貌は少女の頃から目をひいて、早くに梨本宮守正王《なしもとのみやもりまさ》との婚約が決まっていた。皇太子夫妻が日光に滞在中、伊都子も別邸に避暑に来ていた。この伊都子がめあてで皇太子は何度も別邸を訪れるのだ。別段言葉をかわすわけではない。ずっと煙草を吸い続けて長居をするため、まわりの者たちはどうしていいのかわからず困り果てた。四回めに来た時は、ダックスフントという不思議な形の犬を連れてきて、

「これを預けるから育ててやってくれ」

と伊都子に手渡した。何も気づかない無邪気な伊都子が、その犬に縄をつけて散歩させると、その途中に嘉仁が待っている始末である。

嘉仁は見つけてしまったのだ。すべてが彼の好みの、目もさめるような美女を。だから新婚の身でありながら何度も訪れてはぐずぐずと長居をした。伊都子がもし女官であったら、なんとしても自分のものにしようとしたに違いない。しかし今は明治も三十年代に入り、一夫一妻を守らなくてはならなかった。しかも伊都子は許嫁がいる身分の高い女だ。嘉仁は身もだえするような思いで、自分の分身として犬を預けたのだろう。

節子は夫の気持ちが手にとるようにわかる。三ヶ月しか生活を共にしていなかったが、それでも夫の心の動きはわかった。あまりにも単純だった。まるで子どもが玩具をねだるように美しい女が欲しいのだ。

情けなさと悲しみで、節子は歯を喰いしばる。泣くまいと思う。他の女に嫉妬して泣くなどというのは、下賤な者たちがすることである。が、口惜しい。

今まで胸の中に溜まっていたものが、次々とどす暗い色となってにじみ出て来る。自分との婚約が決まった時、帝はこうおっしゃったという。

「やはり伏見宮の禎子でよかったのではないか。皇太子妃が美貌ならば、国民の志気も上がるというものだ」

こんな噂もある。婚約が内定するまで、宮内省は自分の写真を嘉仁に見せなかったと。これというのも皇太子妃となる女が色黒で不器量だからだ。嘉仁が妃を拒否しないように、まわりは大層気を遣ったのだと、密かにささやかれていた。

「自分は喜ばれていないのではないか」

帝にも美子皇后にも、女官たちにも世間にも、そして夫にも。皇太子妃にはもっとふさわしい女が他にいたのだ、という考えにとらわれると、節子はいたたまれない気持ちになる。しかしどうすればいいのだ。今さら逃げるわけにはいかない。だが、ここにはいたくなかった。伊都子という美しい女から、それにのぼせ上がっている夫からとりあえず逃げよう。

節子は急きょ帰京を言い出す。父の道孝が病いに倒れ危篤となっている、という嘘をつき、大急ぎで列車に乗った。この時、節子自身も気づいていなかったが、身体の中には新しい命が育っていたのである。

結婚してほぼ一年、十六歳の節子は初めての子どもを出産した。男の子である。国中が喜びに沸き、青山練兵場から祝砲がうち鳴らされた。

乳もよく出たし、しばらくは自分の元で育てたかったのであるが、裕仁《ひろひと》と名づけられたわが子は生後すぐに、剛健な老伯爵川村純義《かわむらすみよし》に預けられた。節子は仕方ないとすぐに諦める。自分もそうだったように、高貴な者の子どもはすぐに親元から離されるのだ。

出産を終え、腹も空っぽになったが、心も空白が拡がっていく。見事に親王をあげたと、誰もが節子を誉めそやした。そんな時に下田歌子のあの言葉が浮かんでくるのである。

「是れと取り立てて申すべき花々しき御事などはなかりしが、未来の国母として、些少だも欠点を有し賜ざる御方」

この記事が載った毎日新聞を見せてくれたのは、いったい誰だったろうか。成婚当日の新聞の中に紛れていたのであるが、誰もそれを自分に見せてはいけないものとは思っていなかったのだ。

なぜならあまりにも正しいことだったからである。

「自分は喜ばれていないのではないか」

という思いはやがて、

「自分はこのために選ばれたのだ」

という確信になった。健康で男子を産む、ということだけで自分は皇太子妃になった。そこに皇太子に愛されるかどうか、という条件は入っていなかったのだ。

嘉仁はこの頃、新しい趣味に夢中になった。それは鉄道である。すさまじい速さで、鉄路は建設され日本を縦断していく。皇太子は近県はもとより、九州各地を行啓していく。

この時に皇太子は節子を連れていかない。〝趣味〟を楽しむには一人の方が気楽なのだ。

御所に節子は一人残される。生後二ヶ月で離されたわが子に会うことはなかった。本を読んだりフランス語を習ったりする。だが、若い女官たちとお喋りをしたり、一緒に歌を歌ったりすることもない。もしかすると、この中に夫が興味を持った女がいるかもしれないという疑いがつい頭をもたげるのだ。

そしてまた懐妊した。裕仁が生まれて二年めのことである。まさか、もしかして、とその日を待っていたところ、なんと自分の誕生日と同じ日となった。六月二十五日、またもや親王が誕生したのである。

節子に初めて母性が芽ばえた。高貴な女はなかなか持たないものである。が、今度の子どもは初めての子とどこか違っていた。母のつらい胸のうちをのぞき込むように、黒々とした瞳をこちらに向ける。その瞳が自分にそっくりだと、節子はしみじみと思う。まるで神が自分を力づけるために、この世に遣わしたような子どもではないだろうか。だから母と同じ日に生まれたのだ。

抱き締めて語りかける。

「なんと可愛いんだろう。本当にいい子だ。ずっと母のそばにいておくれ」

こくりと頷いたような気がした。だがこの子も生まれて四ヶ月で、川村伯爵の元に行ってしまう。

夫との仲は決してうまくいっていない。それなのに次の年も、節子は妊《みごも》った。が、この子どもは流産してしまった。自分の子どもが生まれることなく、血液となって消えてしまった事実に節子はおののいたが、夫もまわりの者たちも何も言わない。責めることもなかったし、慰めることもなかった。またすぐに妊娠すると思っていたのだろうがその通りだった。

翌々年、節子はまたもや男子を産んだのである。そしてこの子どももすぐに母親の手を離れた。

節子は編み物をするようになった。会えない息子たちのために、チョッキやおくるみを編んでいく。その気持ちが通じたわけではないだろうが、川村伯爵がこの世を去り、三人の皇子は仮の御殿に移ることとなった。ここは東宮御所から道をひとつへだてたところにある。しかしさまざまなしきたりが、母と子どもたちを縛っている。会えるのは週に二度の夕食の時だけだった。

会える時は楽しいが、夜になり別れる時はつらく悲しい。節子はつい涙ぐんでしまう。

三人も皇子を産んだのに、誰もが自分を認めてはいない、という気持ちが次第に大きくなっていく。自分に望まれていたのは、健康で孕《はら》みやすい体だったのではないか。三人もいるのに、どうして一人ぐらい自分に育てさせてくれないのだろうか。

ふさぎ込むことが多くなった節子に、さらに試練が待っていた。第三皇子が誕生した次の年、父の九条道孝がこの世を去ったのである。生涯公家言葉で喋る雅びさを好んだものの、維新の際は戊辰戦争で指揮をとった豪胆さも持ちあわせていた。その父が心臓の病いで六十六歳の人生を閉じたのである。華族であるから、そう睦《むつ》み合うことはなかったが、節子が皇太子妃に決まってすぐ料亭にこっそり連れていってくれた。このようなところに来ることは二度とあるまいと芸者まであげてくれたのである。楽し気に盃をあけていた父の姿を思い出すと、節子はまた泣けてくる。この頃涙もろくなっているのは自分でもわかっていたが、父の死がここまでこたえるのは自分でも驚くほどであった。

そんな節子の心をよそに、夫嘉仁は朝鮮に旅立った。日露戦争の勝利によって、この国は日本の保護国になろうとしていたのである。旅好きの嘉仁はこの旅行を大層楽しみにしていた。夫の心の中には、義父の死など微塵もないと考えたら、節子はまた絶望に襲われる。

帰国したら平気な顔をして、夫はまた自分を抱くであろう。そうしたらまた自分は子どもを産む。五人、六人……。そのたびに子どもは自分からひき離される。夫もすべての人も、自分のことをニワトリだと思っているようだ。毎年律儀に玉子を産み続ける、貴い黄金色の玉子を産むニワトリ。それが私だ……。

節子は朝起きることが出来ないようになった。食欲もなく昼もうつらうつらしている。医者は診察して、体のどこも悪くないと言った。次に秘密裡に、東大病院の精神科医が呼ばれ、皇太子妃は精神衰弱にかかっていらっしゃると告げた。宮中に仕えるドイツ人医師ベルツは激怒した。

「だからあれほど言ったではないか」

母親と子どもをどうしてひき離すのか。どれほど封建的な海外の王室でも、親と子どもは同じ城に住んでいる。

「子どもにとっても、母親にとってもこんな残酷なことはない。特に母親は心を病んでしまう」

ベルツは節子を皇太子妃に強く推した一人である。婚約前着衣の上からであるが、身体検査をして、しっかりと筋肉がついているのがわかった。そして勝気そうな目としっかりした顎も美点だと思った。日本人はどうかわからないが、彼の国では節子は美しいと言われるだろう。非常に魅力的な若い娘だと思った。その節子が今はすっかりやつれ、活力をなくしているのがいたましくてたまらない。彼はなんとか子どもを節子の元に戻したいとあちこちにかけ合ったがそれは許されなかった。

節子はしばらく公務を休み静養することにした。その間も嘉仁は鉄道であちこちに出かけている。この時代の夫は妻が精神というものを持っていることに考えがいかない。気づいても面倒くさいので知らん顔をしている。嘉仁も例外ではなかった。

その日東京には雪が降り、東宮御所の庭も白く変わった。ここで節子が先頭に立って雪合戦をしたなど誰が信じることだろう。七年前のことだ。

午後になって雪はやみ、一台の車が庭に到着した。中から出てきたのは下田歌子である。小太りの体にぴっちりと首までボタンがある洋装で、それがいかにも窮屈そうである。節子は以前から下田が苦手であった。美濃の藩士の娘からその才覚でのし上がり、今や華族女学校から名称を変えた、学習院女学部の長である。美子皇后の信頼が篤く、政府の重臣たちもその発言を無視することが出来ない存在だ。節子は成婚の日の、あの意地の悪い言葉を忘れてはいなかった。しかし美子皇后からの見舞いとなれば、話は別だ。応接室の上座にとおす。

中年になってからめっきり太り肉《じし》になっているが、それが貫禄となり、いかにも宮廷の実力者である。欧州を視察し、各国の最新の女子教育について学んだ歌子であるが、根本は保守主義の皇室崇拝者と言われている。それが買われて今の地位についている。と言っても、昔から伊藤博文や三島通庸《みしまみちつね》といった権力者たちとの醜聞がたえない歌子が、謹厳な乃木希典《のぎまれすけ》学習院長と合うわけがなく、不仲の噂は節子のところにも届いていた。

「妃殿下におかれましては、最近健康がすぐれないとお聞きしていますが、いかがであらせられますか」

「たいしたことはありません」

節子は注意深く答えた。今日のことは美子皇后に正確に伝えられるはずだ。

「季節の替わりめになりますと、いつもこうなのです。眠りが浅くなったりします」

「それが気の病いなのです」

ずばり言った。

「妃殿下が気鬱になられたと皆が案じております」

「それは大げさでございます。気鬱などとは……」

「しかし拝見しましたところ、顔色も大層悪くていらっしゃいます。お声も力がありません。皇后陛下も大層心配していらっしゃいます。先日の年賀の儀にも沈んでいる様子だったと仰せです」

「それは畏れ多いことでございます。私は大丈夫とお伝えください」

「妃殿下」

いきなり口調が変わった。

「ここからは私と二人の話にしてくださいませ。私は今の皇后陛下にずっとお仕えしております。皇后陛下はご様子といい、お心映えといい、非のうちどころもない方であらせられます。しかしお子がおられなかった。ご存知のように皇太子殿下をお産みになったのは、柳原愛子局《やなぎわらなるこつぼね》でございます」

皇太子が少年の頃、実の母が皇后でないと知り、大層驚き悲しんだというのはあまりにも有名である。

「お子をあげらるることの出来なかったその心のうちを、皇后陛下は私にもうち明けてはくださらなかった。しかし妃殿下に託されたのですよ」

「私にでございますか」

「妃殿下もご存知のとおり、皇后陛下は何度か華族女学校に行啓あそばされました。その時、妃殿下をご覧になり大層お気に召されたのです」

おそらく子どもをたくさん産みそうな健やかさだとお考えになったに違いない、という節子の想像を歌子は裏切る。

「あの娘こそ、わが国を救ってくれるだろうとひらめかれたのです。あの頃、皇太子殿下のお加減はよろしくなく、宮中をあげてそれこそ一喜一憂しておりました。今はかなりお健やかになられましたが、それでも帝に必要な強さはお持ちではありません。ですから女の帝が必要なのでございます」

「女の帝でございますか」

あまりにも畏れ多い言葉で全く意味がわからない。

「妃殿下も皇室の歴史をお学びならご存知でありましょう。わが国は推古天皇はじめ何人かの女帝があらせられます。しかし本当の力をお持ちだったのは神功皇后でございます。神功皇后は、ご懐妊されながらも御自ら剣を持ち、朝鮮に出兵なさったのです。国が危うくなる時、必ずそういう皇后が現れる。皇后陛下も私も信じておりました。そして私は力を尽くして、妃殿下を皇太子妃にご推挙申し上げたのです。もちろん私一人の力だけではありません。皇后陛下も陰でさまざまなことをなさいました。それというのも、妃殿下に、皇后としてこの国を治めていただきたいからでございます。妃殿下はその資格をお持ちです。まず運がお強い。すぐに皇子を三人おあげになるなどというのは、いくらお健やかでも出来ることではありません。そして妃殿下はご聡明で強くいらっしゃる。妃殿下ほどの方はまずいらっしゃらないでしょう」

それならば新聞のあの言葉は何だったのだろうか。

――是れと取り立てて申すべき花々しき御事などはなかりしが――

その節子の胸の内を計ったように、歌子はじっとこちらを見る。切れ長のよく光る目。

「男の方が目に見えるものは、姿の美しさと愛らしさだけでございます。妃殿下のご聡明さと強さは私にはすぐにわかりました。皇后陛下もおわかりになったと拝察いたします。おそらく妃殿下は、皇太子殿下をお助けする、というのではなく、殿下に代わってこの国を動かされることでありましょう。しかし用心しなくてはなりません。賢さと強さ、この二つを持った女は、必ず男たちから仕返しをくらうのですよ」

「仕返しとは……」

今日の歌子の言葉は、いささか神がかっていて節子は半分も理解出来ない。

「もうじき平民新聞という世にも下品な新聞が、私のことを叩くはずでございます。〝妖婦下田歌子〟と。後ろで糸をひいているものはわかっております。しかしどうすることも出来ません」

歌子は目を閉じた。すうっと涙が流れていくのがわかった。まさかこのような場で泣くとは驚きだった。

「あのような新聞に載ったからには、もうしばらくは私は妃殿下におめにかかることもかなわないでしょう。しかしどうかお忘れなく。妃殿下こそがわが国を救うのでございます。女の身であっても、妃殿下が采配をなさる日がもうじきまいります」

そして明治の女傑・下田歌子は去っていった。それから彼女にまつわる大きな事件が起き、それは長く続いた。歌子は学習院を追われることとなった。

歌子の言葉が理解できたのは、それから四年後だ。葉山御用邸で静養していた節子は、突然高熱に襲われた。腸チフスであった。当時多くの命を奪った伝染病であるが、高貴な人々とは無縁なものとされていた。意識不明が続き、三ヶ月生死の間をさまよった。

この時節子はいくつかの夢を見たが、そのことは誰にも話さなかった。ただ回復した節子が、以前よりもはるかに強靱な心を持つようになったことは、誰しもが認めるところであった。

　そして翌年、明治大帝は崩御され大正という時代がやってきた。節子はこの間、男子を一人産み、息子たちの妃を次々と決めていくことになる。長男を除いては、全て一人で決めた。もう誰にも口をはさませなかった。

母より

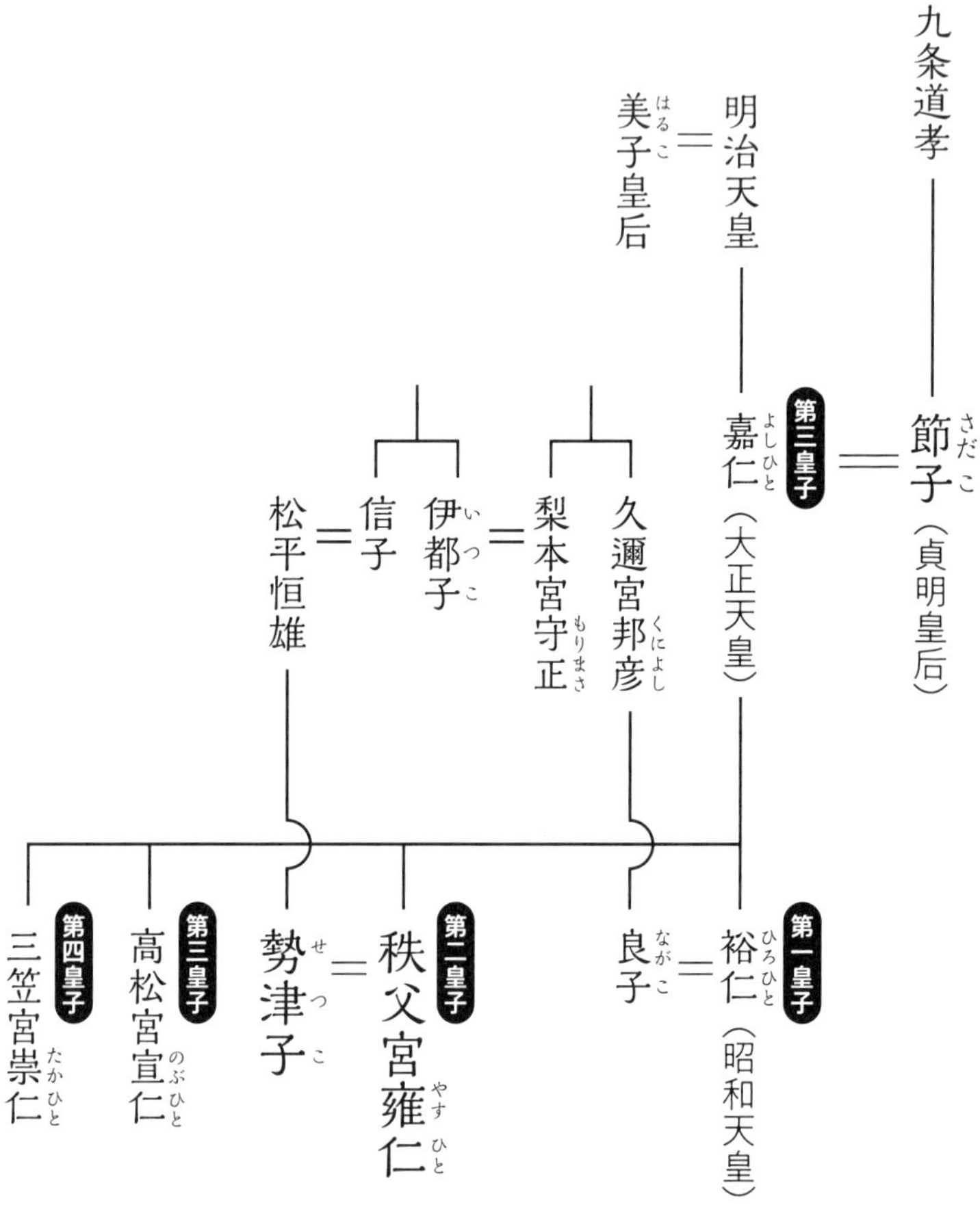
九条道孝
節子《さだこ》（貞明皇后）
明治天皇
美子《はるこ》皇后
第三皇子
嘉仁《よしひと》（大正天皇）
久邇宮邦彦《くによし》
梨本宮守正《もりまさ》
伊都子《いつこ》
信子
松平恒雄
第一皇子
裕仁《ひろひと》（昭和天皇）
良子《ながこ》
第二皇子
秩父宮雍仁《やすひと》
勢津子《せつこ》
第三皇子
高松宮宣仁《のぶひと》
第四皇子
三笠宮崇仁《たかひと》

皇太后が沼津《ぬまづ》御用邸から突然行啓された時、秩父宮《ちちぶのみや》妃勢津子《せつこ》は、夫の命がもう長くないことをわかっていらっしゃるのだと思った。

夫はずっと皇太后の秘蔵っ子と言われていた。長身で快活な性格に加え、頭脳明晰。「スポーツの宮さま」として、国民にも絶大な人気があった。兄の天皇が持っていない、政治的能力も持っているとささやかれていたものだ。

一般の家庭でも、母親は長男よりも次男の方を可愛がると言われていたが、皇太后はそれをあらわになさった。他にも二人の弟君がいたが、秩父宮に対するそれは格別だった。

今から十五年前、昭和十一年のことである。青年将校たちが「昭和維新」を唱えて決起した〝二・二六事件〟というものが起こった。

その際にさまざまな流言飛語が溢れたが、その中で最も信じられていたものは、

「将校たちは天皇に譲位を迫り、秩父宮に即位していただこうと願っている」

というものである。そしてそれは皇太后の希望だというのだ。

そんな事実はもちろんあり得なかったが、血気にはやる若い軍人たちにとって、秩父宮がいかに精神的な支柱であったのかよくわかる。陸軍大学校を優秀な成績で卒業し、二・二六事件当時は、弘前《ひろさき》の歩兵連隊の大隊長をしていた。これは危険思想を持つ青年将校たちから切り離すためだとも言われている。それほど彼らと近づいていたのだ。

もし昭和十五年、夫が病いで倒れることがなかったら、日中戦争や日米開戦も別の形になったかもしれないと、勢津子は時々考えることがあるが、それは秘かな身贔屓というものかもしれない。しかしこの御殿場《ごてんば》で暮らすようになってから、勢津子は夫の類いまれな美質をつくづく感じるようになった。

働き盛りに胸の病いを得て、どれほど口惜しくつらかったことだろうが、決して態度に表すことはなかった。それどころか、

「自分がやりたかったカントリーライフを、これほど早く始められるとは思わなかった」

と笑顔で語ったものだ。

御殿場の駅から三キロほど車で走ったところに、五百坪の農園を買ったのは昭和十六年のことだ。乙女峠を越え箱根に出る途中にあるこの土地からは、富士山がよく見えた。もともとは日銀総裁などをつとめた井上準之助《いのうえじゅんのすけ》の別荘があったところだ。茅葺きの大きな農家のつくりになっているが、中は洋風に直して椅子で生活出来るようにした。

すぐに療養というのではなく、夫はここで本格的に農業に励むようになった。職員や侍女たちと鍬《くわ》をふるい、さつま芋、じゃが芋、トウモロコシといった野菜をつくった。やがて鶏を飼い、山羊《やぎ》や豚も育てた。

もともと学究肌の夫は、しろうとの農作業では満足しない。御殿場の実業学校から指導員を招いて、農作業の指導をしてもらったこともある。

耕運機などはいち早く取り入れ、農業の電化をよく口にした。もっと機械の類を使えば、農作業の負担も少なくなるばかりでなく、収穫も上がるというのが持論であった。チーズをつくるために乳牛を飼育し、緬羊の毛を刈りホームスパンをつくったことさえある。まわりの土地も買い足して、いつのまにか農園は夫の壮大な試験場となっていった。

こうした前向きの生活と、御殿場の清らかな空気が合っていたのだろう、やがて夫は小康を得た。弟君二人、高松宮《たかまつのみや》と三笠宮《みかさのみや》が訪れるようになったのもこの頃だ。兄弟水いらずで初めて気楽に語り合うことが出来たのだと、当時は呑気に考えていたのだが、夫は軍人二人から戦況を聞いていたのだろう。

「坂をころげ落ちるように」

という言葉があるが、昭和二十年の日本はまさに敗戦に向けてころがり落ちていった。東京大空襲があり、硫黄島も敵の手に落ちた。

その間、皇族たちの中でも戦地で死去した者が出たのは驚きであった。本来「宮さま」たちは、順調に出世はするものの、安全なところに置いておく、というのは暗黙の了解だったからだ。

ただ、北白川宮《きたしらかわのみや》永久《ながひさ》王は、中国張家口《ちょうかこう》で飛行機事故に巻き込まれた。これは本来は事故死であるが、明治天皇の内親王だった母の房子《ふさこ》妃が、戦死として扱ってほしいと熱望し、かなえられた。

いずれにしろ、他の皇族たちは海外の戦地にいても、無事に帰国出来るように配慮されていたのである。

八月十二日、皇族たちは皇居に集められた。国民の誰よりも早く降伏することを伝えられたのだ。

朝香宮鳩彦王《あさかのみややすひこ》、賀陽宮恒憲王《かやのみやつねのり》、閑院宮春仁王《かんいんのみやはるひと》、久邇宮朝融王《くにのみやあさあきら》など多くは大将や中将であった。梨本宮守正王《なしもとのみやもりまさ》は元帥である。彼らはただ頭を垂れて、陛下のお言葉を聞いた。ややかん高いお声で発せられたお言葉は文語調であり、三日後日本国民が聞くものとほぼ同じである。少し前に玉音の録音を済ませていらした陛下の口調はなめらかで、敗戦を告げるものとしてやや似つかわしくなかった。

が、皇族たちは黙って聞く。それに異を唱える者などいない。陛下のお考えに反抗する者などこの世にいるだろうか。

彼らは従順であった。終戦の二年後、直宮《じきみや》を除いて皇籍を離脱する時も、きちんと正装をし、別れの宴席に着いた。この時夫は体調がよく、勢津子は二人で皇居に向かった。そして久しぶりに伯母の梨本宮伊都子《いつこ》に会った。

戦中戦後、雲上人といわれた皇族も多くの苦労をしていたが、梨本宮家は特別であった。伊都子の夫、守正は皇族でただ一人、戦犯として巣鴨《すがも》プリズンに拘置されていたのである。渋谷にあった豪壮な邸宅は焼け、朝鮮の皇太子に嫁がせた長女の行末もあやういものとなった。

それでも伊都子は銀色の髪を高々と結い上げ、藤色の色留《いろとめ》に威を正していた。もう六十を過ぎていたはずなのに、かつて宮中一とうたわれた美貌のなごりは充分にあった。

　晩餐会は皇居で行なわれ、菊の御紋のついた食器だけに、料理の粗末さが目立つ膳であった。それでも賀茂鶴《かもつる》がふるまわれ、陛下が杯をあげられた。

「いつまでも親しくおつき合いいたしましょう」

　これからも変わらぬ交際をと言われても、そこにいる皇族たちは変わっているのだ。もう日本からは、三つの直宮家を除いて皇族というものはなくなった。たいていの宮家は邸を焼かれたり没収されたりしていた。元の家が残っていたとしても、過酷な財産税により早晩手放さなくてはならなかったのである。

　晩餐会の後、夫と勢津子は赤坂の大宮御所《おおみやごしょ》に寄った。御殿場で収穫したばかりの野菜を届けるためだ。このご時世何よりのものと、皇太后はいつも喜んでくださるのである。

　この夜、皇太后は大層機嫌がよかった。そして晩餐会に出席した皇族たちの様子を尋ねられるのである。

「梨本宮殿下が、皆を代表され、挨拶をされましたが、さすがにお寂しそうでいらっしゃいました」

　勢津子がお答えすると、

「そうであろう」

深く頷かれた。

「今まではまるで違う身分におなりなのだ。とまどわれるのもあたり前だ」

そして最後にこうおっしゃったのだ。

「あの人たちは少し長くいすぎたのですよ」

この言葉を勢津子は誰にも言ったことがない。夫にしても同じだったろう。それなのに皇太后のそのお言葉は、そう時間をおかずに多くの人が知ることとなった。そして人々は、

「やはり皇太后さまは、皇族がお好きではなかったのだ」

と頷き合うのである。

皇太后さまは九条《くじょう》家の姫として生まれ、後に大正天皇となる皇太子に嫁がれた。代々皇太子妃になるのは、一条《いちじょう》家や九条家のような名門の公家の娘と決められていた。ところが今上天皇の皇太子時代、久邇宮家の王女が妃となられたのだ。それが今の皇后陛下である。

皇太后と皇后とが、決して睦まじい仲ではないことを、

「自分よりも身分が上の、宮家から嫁がれた皇后に、ご遠慮する気持ちがおありな

のではないか」

と宮中の人々は噂している。が、そう思われることに皇太后は、不愉快なお気持ちをお持ちでいらっしゃるのではないかと勢津子は考えることがある。

皇族というのは、遠い昔に天皇から枝分かれした一族ではなかったのか。それが明治維新をきっかけに世の中に躍り出ることとなった。本来は仏門に仕えるはずだった男性皇族たちが、還俗《げんぞく》してたくさんの子どもを産ませた。その息子や孫たちが今の皇族だと、皇太后は心のどこかで冷ややかに見ていらっしゃるところがある。だからこそ、

「あの人たちは長くいすぎたのです」

という言葉になったのではなかろうか。

が、そんなことを勢津子は夫に告げることはない。人の心の奥底を探ろうとすることは、高貴の者はしてはいけないのだ。それは平民から秩父宮に嫁いだ勢津子が心していることだ。

しかし時々は、他人の心を執拗に追い求めていることがある。それが勢津子の場合、皇太后のお心なのである。

その日、皇太后は午後近くまで御殿場にとどまられたが、時分どきになってもお茶一杯出すことは出来ない。宮廷の大膳課の供したものでなければ、召し上がらないしきたりなのだ。

それでもご機嫌うるわしく、皇太后は夫にさまざまに話しかけられる。

「このあいだおめにかかった時よりも、ずっと顔色がいいようですね」

そんなはずはない。夫の窶《やつ》れは誰の目にもあきらかであった。〝夢の治療薬〟といわれたストレプトマイシンも、ごく早い時期に進駐軍から届けられていた。死ぬ間際の結核患者から実験的に投与して、またたく間に回復させたこの薬を、夫の体は受けつけなかった。ひどい副作用を起こすので医師たちは治療を諦めたのだ。

夫の顔からは生気が失なわれつつあるが、その代わり諦念による静かな輝やきが生まれていた。そして母と会うとさらに輝やきは増す。ふつう高貴な人たちというのは親子の縁が薄い。夫も幼少時代から、兄の迪宮裕仁《みちのみやひろひと》と共に老人の川村純義《かわむらすみよし》伯爵に預けられていたはずだ。が、この母と子は常に強い絆で結ばれていた。決断力、探求力、頑固さ、よく似ている二人であった。

「おたあさん」

夫はこの頃、そのように呼ぶ。

「前からお話ししているように、作陶は面白いものでございます。この頃ろくろをやっとまわせるようになりました」

「まあ、ろくろをですか」

「はい、裏の方に工房のようなものをつくりました。いずれは窯《かま》をつくりたいと思っております」

「宮は本当に凝り性でいらっしゃる」

皇太后はにっこりと微笑まれた。

「お体のことがあるから、あまり根を詰めてはいけませんよ」

「わかっております」

見送りのために椅子から立ち上がろうとして、夫は一瞬よろけた。勢津子は瞬時に支える。目立たないようにさりげなく、夫の尊厳を傷つけないようにする術《すべ》を勢津子はいつのまにか身につけていた。

夫は立ち上がる。それからおぼつかない足取りであるが、妻の手を借りずに一人で歩き始めた。

侍女たちが控える次の間に向かう、ほんのわずかの時間があった。皇太后は後ろを振り向いた。きっちり首までとめた紫色のご衣裳。口元がわずかにほころんでいる。

「勢津君さんの看護、本当にゆきとどいたことだと、いつも感謝しているのだよ」

とんでもないことでございますと、勢津子は答えた。感謝という言葉は思いの外、強い残響を持って心の中にとどまる。

感謝。本当に自分はそれにふさわしいことをしたのであろうか。


秩父宮は皇太后の秘蔵っ子であったが、自分も秘蔵の嫁であった。なにしろ皇太后が特別の執着を持って、勢津子を指名し、息子との縁を実現させたのだ。

そもそも勢津子は選択肢の中に入っていない娘であった。一条でも九条でも皇族でもない平民の娘である。父の松平恒雄《まつだいらつねお》は、会津藩主家の嫡男だったが爵位を弟に譲ったいきさつがある。朝敵となった会津の者が、華族に列なることは出来ないというのだ。

爵位は失くなったが、彼には優秀な頭脳と健強な精神があった。帝大を首席で卒業した後、外務省にもいちばんの成績で入省したのである。母の信子《のぶこ》は鍋島《なべしま》藩主だった直大《なおひろ》の娘であるが、勢津子はいち官吏の娘として育った。最初こそ学習院に試験を受けて通ったが、その後は海外の学校しか知らない。

秩父宮と初めて言葉をかわしたのは、十七歳でワシントンであった。それまで宮中と、偶然汽車の中で会ったことがあるが、深くお辞儀をしただけだ。父の恒雄がアメリカ大使として赴任している最中、大正天皇が崩御された。その頃オックスフォード大学に留学中だった秩父宮は、急きょ帰国することになり、その途中ワシントンに寄られたのだ。宿舎となったのは、公舎の客間である。

とにかくえらい方がお泊まりになるというので、大使館中が緊張していた。勢津子は喪服を持っていなかったので、黒いドレスをつくってもらったほどだ。

まだ学生ということで食事の席には出なかったが、母に命じられて、妹と一緒にお汁粉を運んだ。宮は大層甘いもの好きということだった。その時宮は、

「学校はどうなの」

と尋ねてきたが、身分ある者が義務として質問してきたという風であった。現地のハイスクールに通っていた勢津子が、

「最初は英語が大変でございましたが、今は楽しくやっております」

と答えると、

「あ、そう」

と頷いた。会話はそれだけである。

十ヶ月後、樺山愛輔《かばやまあいすけ》伯爵が皇太后の名代《みようだい》として訪ねてきた。勢津子を秩父宮の妃にというのである。

「とんでもない」

両親は驚きのあまり言葉を失なった。平民の娘が、どうして皇位継承順位第一位の直宮の妃になることが出来るだろうか。

「平凡で地味な娘でございます」

と父は何度も口にしたというが、それは本音であったろう。勢津子は父にうり二つの容貌をしていると、幼ない頃からまわりの者たちに言われていた。えらが張り四角い顔である。

「せっちゃんは私に似てしまい可哀想だ」

と酔った父の膝の上で何度聞かされたろう。成長するに従い、涼やかな目と愛らしい頬を持つ娘となったが、華やかな美貌というのとは違う。宮妃というのは、たとえば梨本宮妃となった、母の姉のような方だとずっと考えていた。梨本宮伊都子は、あたりをはらうような美しさと威厳があるのだ。

母でさえこんな冗談を言ったものだ。

「姉上は子どもの頃からお美しく、すぐに梨本宮妃にお決まりになったのです。それなのに妹の私はなかなか決まらず、お父さまとの縁談があった時は、お父さまは日本にいらっしゃらない。それでも嫁に来い、ということになって、六十日ひとりぼっちで船に乗り、それから汽車に乗ってロンドンに行ったのですよ。あの時の恨みは忘れません」

こんなことを言えるほど、両親の仲はよかった。中年になってからも、母は末の弟を生んだほどだ。

ワシントン時代、一家でよくドライブやピクニックに出かけた。土曜日には、父と母、勢津子と父がレコードをかけてダンスを踊る。勢津子は父と仲がよく、内緒の話をする時は英語で喋り二人で笑い合った。日本の上流社会ではあり得ないほど、自由にのびのびと成長した娘が皇族妃になれるはずはない、というのはもっともな話で、樺山伯爵もいったんは諦めて日本へ帰った。が、待っていたのは皇太后の強い叱責であった。皇太后はどうしても勢津子を、秩父宮の妃にとおっしゃりお譲りにならない。

二週間の航海をへて、伯爵はワシントンに舞い戻ってきた。

「また断わられたら、私はもう日本に帰ることが出来ない。帰りの船から身を投げるつもりだ」

とまで言われ、父はついに折れた。

「ここまで望まれたらお断わりすることは出来ないだろう。あなたも臣下として日本国民の一人として、覚悟を決めなさい」

しかし十七歳の勢津子に、覚悟などあるはずはない。毎日嫌だ、嫌だと泣きじゃくっている最中、養育係として日本から従《つ》いてきたタカが言ったのだ。

「お嬢さま、会津魂をお持ちください」

朝敵として言われなき罪をかぶって、維新以後生きてきた会津の人々、彼らを救うためにも、皇族妃にならなくてはいけないのだと。

「ご自分ひとりのお幸せを考えてはなりません」

涙ながらに勢津子はやっと心を決めた。

そして婚約をした勢津子がまずしたことは、籍を叔父のところに入れて華族になったこと。そして、名前を変えることであった。本来は節子と書いて〝せつこ〟と読ませる。皇太后は節子と書いて、さだこであるが字は同じだ。嫁が姑と同じ名前のわけにはいかない。それで勢津子と変えた。津という字は、会津からとったものだ。

それにしても、皇太后はどうして自分をお選びになったのかと、勢津子は何度も考えたものだ。勢津子以外にも多くの人たちが考え、ワシントンで恋が芽生えたなどさまざまな噂が流れた。その中でいちばん信ぴょう性があったものは、皇太后が皇后であられた頃、皇太子と良子《ながこ》女王との縁談で、つくづく嫌気がさした、というものである。

縁組みは早い時期に内定していたが、それに待ったをかけたのが、元老山縣有朋である。学習院の身体検査で、女王の弟君に色覚異常が見つかったというのである。この遺伝はいずれ男子に伝わることになる。山縣は久邇宮家に婚約辞退を迫り、ここからは庶民の端々まで知る大騒ぎとなった。

良子女王の父、邦彦《くによし》王は、これは絶対に許されないことだと憤り、右翼の大物を動かしただけでなく、皇太后に直に迫ったのだ。

「婚約破棄された時は、娘を殺して私も死ぬ」

これには皇太后もすっかり驚き呆れられたが、一方の皇太子はといえば、人形のように美しくあどけない良子女王にすっかり心を奪われていた。そして、

「良子でよい」

というご本人の言葉が決定打になり、無事ご成婚ということになったのだ。

が、これは多くの禍根を残した。皇太后は久邇宮家に対して、不信と嫌悪をつの

らせるようになられたのだ。

皇太后はお立場を常に考えていらっしゃる方であるが、まわりの者についい漏らされたことがあったという。

「秩父宮からは私が決める。次は聡明な娘がよい。とにかく頭と気性が大切なのだ」

そうして早い時期から勢津子に目をつけていたというのだ。ロンドンに赴任する際、勢津子は母と妹と共に大宮御所に参内した。皇太后に拝謁するからと、母は勢津子に大振袖を着せた。娘がいらっしゃらない皇太后が、こうした衣裳をとても喜ばれるのを知っていたからだ。

母の思いどおり、皇太后は華やかな着物と、若い娘たちを大層喜ばれ、

「信子は大使夫人として、髪を洋風にすることもあるだろうが、娘たちにさせてはいけない。黒く長いままでいさせるように」

とおっしゃり、皇太后がどうして大使の娘の髪までお気にとめるのかと、まわりの者たちはいささか奇異に感じたというが、今思えば、あれはおすべらかしに出来ないからという心づもりだったとわかる。成婚の日、皇族の女性は十二単衣を着るからであった。

そして自分の願いどおり、次男に嫁ぐことになった勢津子に、皇太后は最大の情

熱をかたむけた。帰国の挨拶にやってきた勢津子に、

「明日から全てを私が教えるから」

きっぱりおっしゃったのだ。

それから勢津子は毎日大宮御所に通った。皇族は歩き方もまず違う。決して上下してはいけないのだ。さらに式典の時は、一ミリも動いてはいけないし、目も完全に停止させていなくてはいけない。自分を全くの無にしてこそ儀式の主役になっていくのである。

扇の持ち方、下々の者への命令の口調、ローブ・デコルテの裾さばき、身分によって異なる会釈の角度……初夜の心構えも、実の母親からではなく皇太后から教わった。

「おそらく秩父宮は陸大時代、何度か経験なさっているだろう。だからすべて宮におまかせすればよいのです」

こともなげにおっしゃった。

「とにかく一日も早く御子を産むのです。新婚時代は、勢津君さんを珍しがられて大層お可愛がりになるはずだ。その時に一刻も早くおつくりになるのです」

が、子どもは出来なかった。一度だけその兆しがあったのだが、夫に告げる前に

流れてしまった。

子をなさない女。これだけで皇族妃は失格であろう。が、当時は皇太后は何もおっしゃらなかった。

あれは昭和のはじめ頃だ。天皇のお子さまが四人次々とお生まれになったが、全員内親王であった。良子皇后は「おんな腹」とささやかれ始めた。が、天皇は公の席で、明るくこうおっしゃったのだ。

「うちは秩父宮もいるのだから、なんの心配もしていない」

その次の日、皇太后から手紙が届いた。

「陛下の思召《おぼしめ》し、なんとも有難く……」

最後はいつものように「母より」と記されていた。

今こそ早く子をなせ、と暗に言っているのである。あまりお気に召さない良子皇后の子ではなく、秘蔵っ子の秩父宮と自分が選び出した妃との間に親王が生まれる、それが皇太后の理想だったのだ。

しかし勢津子に子は出来なかった。秘かに医者に相談してみたこともある。タカは、手紙の中に子をなす神社のお守りを入れてきたりもする。

やがて早朝、勢津子は床の中でサイレンの音を聞いた。

一回……そして二回。あっと起き上がった。隣りのベッドにいる夫も身を起こしている。
「すぐに参内しなくては」
一回鳴ると内親王、二回めは親王ということは日本国民すべてが知っていたから、巷は歓喜で沸いた。
北原白秋《きたはらはくしゅう》が詞を書き、中山晋平《なかやましんぺい》が曲をつくり、またたくまに大流行した。
「日の出だ　日の出に
鳴つた鳴つた　ポーオ　ポー
サイレンサイレン　ランラン　チンゴン
夜明けの鐘まで
天皇陛下お喜び　皆々かしは手
うれしいな母さん
皇太子さま　お生れなつた」
あの歌は今でも歌える。ラジオから毎日のように流れていたし、職員たちもよく口ずさんでいた。
当然のように皇太后の喜びもひとしおであったはずだ。が、手紙が届いた。

「有栖川宮家《ありすがわのみや》のようなことにならぬように」

有栖川宮家というのは、明治維新後に出来た宮家ではなく、江戸初期からあった四つの宮家のひとつである。が、大正時代、跡継ぎを病いで失なったことから廃絶となっていた。大正天皇はこれを憐れんで、第三皇子に有栖川宮の旧い名称である高松宮を名乗らせたのだ。しかもこの高松宮の妃には、有栖川宮家の血をひく徳川家の姫を早いうちから選んでいた。

これらのことは大正天皇のご采配のように言われているが、皇后であった皇太后がなさったことだと皆が考えている。

昭和十六年には、四番めの親王である三笠宮の婚儀が行なわれたが、相手の姫も皇族ではない。石高一万石の小大名家の娘で、父親は子爵である。皇太后は次々と自分の思いを実現させておられるのだ。が、子どもということに関して、皇太后のご計画はうまくいかなかったことになる。

良子皇后はそれからもご出産され、皇太子の後に親王と内親王とを一人ずつおつくりになった。四人の宮家のうち、長男と四男のところは子だくさんで、次男と三男のところは子どもがなかった。

しかし皇后に二人の親王がお出来になったことで、勢津子の心はかなり晴れやか

になる。もう皇太后からの、

「子どもをおつくりになられた方がいい」

という手紙はなくなったからである。

何よりも夫が発病して、それどころではなくなった。命がけで夫を守ろうと勢津子は心に誓った。

御殿場でも冬は寒い。戦争中は燃料も足りず、夫婦が心をひとつにしなければ、とても生き抜くことは出来なかっただろう。

この地に越してきてから、勢津子は夫を単純に愛することが出来るようになった。それまでは貴い方にひたすらお仕えする、巫女のような気持ちでいたのだが今は違う。夫の命を一日でも永らえさせたい。それは夫が皇族だからではなく、自分の愛する夫だからである。

ずっと二人で生きてきたのだ。つらいことも喜びも二人で分かち合ってきた。ある夜熱を出した夫の脚をさすっているうち、つい嗚咽《おえつ》してしまった。そして小さく叫ぶ。

「私を一人にしないでください」

夫はやさしく言った。

「まだ当分大丈夫だから安心しなさい」

当分大丈夫とは、いったいいつまでだろうか。

勢津子は夫のこの言葉と、皇太后からかけられた言葉をかわるがわる思い出すようになった。

「勢津君さんの看護を感謝しています」

本当にそんなことを思っているはずがない。これほど望まれた嫁だったのに、私は二つの失態を犯してしまったのだ。

皇太后の愛する息子を死なせてしまうこと。

その息子の子どもを産まなかったこと。

しかしこんな自分を選び、あれほど強硬にことを運んだのは皇太后ご自身だったのだ。皇太后こそ失態を犯したのではないか。

自分は少し混乱していると、勢津子は気を取り直す。夫の死が近いために、心が揺れ、ふだんでは考えられないこと、皇太后をお恨み申し上げる、などという気持ちが生まれているのではないか。明日こそお見舞いいただいたお礼を書かなくては。するとすぐに返事がくるだろう。細やかに注意をしたためてある達筆の手紙。そこに最後に必ず記されている、

「母より」

夫の死は確実に近づいているはずであった。それなのに死は唐突に別の人間を選んだ。沼津御用邸から訪れられたわずか十三日後、皇太后は突然息をひきとったのだ。狭心症の発作であった。自分あての書きかけの手紙があったというが、そこにはきっと「感謝」という文字があったに違いないと勢津子は想像する。後にお受け取りになるかと問われこう答えた。

「いりません。もう結構でございます。私はもういらないのでございます」

あとがき

皇族といわれる人たちに興味を持ったのはいったいいつだっただろうか。

今から三十四年前、初めての歴史小説『ミカドの淑女《おんな》』を書いた。明治天皇と皇后に仕える下田歌子の半生を描いたものだ。その時、宮廷や高貴な人にまつわる資料を読んだのであるが、それが面白くてたまらなかった。それ以来、皇族や華族に関しての本を集めてむさぼるように読んだ。その中でもいちばん夢中になったのは、浅見雅男氏の著書である。

今回浅見氏に監修をお願いし、さまざまなチェックをしていただいた。

思えば前作の『李王家の縁談』は、浅見氏なくしては書けなかったであろう。取材に応じてくださり、さまざまなご教示を受けた。深く感謝している。

この本は『李王家の縁談』のスピンオフとして書いた短篇を集めたものだ。最近の私は日大の理事長という職に就いてからというもの、忙しさのあまり全く小説を書けていない。しかしあと二作短篇を書けば本になる、本にしなければもったいない、という編集者の励ましを得て、ゴールデンウィークと夏休みを利用して二作書いた。それが「皇后は闘うことにした」と「母より」である。

あまりにもすらすら書けるので自分でも驚いた。

雲の上の人と思われていた皇族たちが、とても人間くさく、心理や会話を想像するのが本当に楽しくてたまらなかった。この二作は、

「小説家としてまだまだやっていける」

と自信をもたらしてくれた大切なものだ。それもこれも皇族ものだったからに違いない。

大正天皇のお后、貞明皇后はなんと魅力的な方だろう。そして秩父宮妃の素晴らしさについても今の人たちに伝えられたら幸いである。

主要参考文献

『皇族と帝国陸海軍』
浅見雅男　文春新書　二〇一〇
『不思議な宮さま 東久邇宮稔彦王の昭和史』
浅見雅男　文春文庫　二〇一四
『伏見宮―もうひとつの天皇家』
浅見雅男　ちくま文庫　二〇二〇
『皇族と天皇』
浅見雅男　ちくま新書　二〇一六
『皇族誕生』
浅見雅男　角川文庫　二〇一一
『皇太子婚約解消事件』
浅見雅男　角川書店　二〇一〇
『徳川おてんば姫』
井手久美子　東京キララ社　二〇一八

『最も期待された皇族東久邇宮』
伊藤之雄　千倉書房　二〇二一
『素顔の宮家 私が見たもうひとつの秘史』
大給湛子　ＰＨＰ研究所　二〇〇九
『梨本宮伊都子妃の日記 皇族妃の見た明治・大正・昭和』
小田部雄次　小学館文庫　二〇〇八
『昭和の皇室をゆるがせた女性たち』
河原敏明　講談社＋α文庫　二〇〇七
『朝香宮家に生まれて』
北風倚子　ＰＨＰ研究所　二〇〇八
『国母の気品 貞明皇后の生涯』
工藤美代子　清流出版　二〇〇八
『母宮 貞明皇后とその時代 三笠宮両殿下が語る思い出』
工藤美代子　中公文庫　二〇一〇
『徳川慶喜家の子ども部屋』
榊原喜佐子　角川文庫　二〇〇〇

『菊と葵のものがたり』
高松宮妃喜久子　中公文庫　二〇〇二
『雍仁親王実紀』
秩父宮家　吉川弘文館　一九七二
『銀のボンボニエール』
秩父宮妃勢津子　主婦の友社　一九九一
『みみずのたわごと 徳川慶喜家に嫁いだ松平容保の孫の半生』
徳川和子、山岸美喜　東京キララ社　二〇二〇
『徳川慶喜家にようこそ―わが家に伝わる愛すべき「最後の将軍」の横顔』
徳川慶朝　文春文庫　二〇〇三
『三代の天皇と私』
梨本伊都子　講談社　一九七五
『皇后考』
原武史　講談社学術文庫　二〇一七
『高松宮同妃両殿下のグランド・ハネムーン』
平野久美子　中央公論新社　二〇〇四

『皇族』
広岡裕児　読売新聞社　一九九八
『明治天皇が最も頼りにした山階宮晃親王』
深澤光佐子　宮帯出版社　二〇一五
『旧皇族の宗家・伏見宮家に生まれて』
伏見博明　中央公論新社　二〇二二
『明治天皇という人』
松本健一　毎日新聞出版　二〇一〇
『天皇の近代』
御厨貴編著　千倉書房　二〇一八
『御殿場清話』
秩父宮雍仁、秩父宮妃勢津子　柳澤健編　世界の日本社　一九四八

初出　オール讀物
「綸言汗の如し」　二〇二一年九・十月合併号
「徳川慶喜家の嫁」　二〇二二年十二月号
「兄弟の花嫁たち」　二〇二四年二月号
「皇后は闘うことにした」　二〇二四年六月号
「母より」　二〇二四年九・十月特大号

林真理子（はやし・まりこ）
一九五四年山梨県生まれ。日本大学芸術学部を卒業後、コピーライターとして活躍。八二年エッセイ集『ルンルンを買っておうちに帰ろう』がベストセラーとなる。八六年「最終便に間に合えば」「京都まで」で第九四回直木賞を受賞。九五年『白蓮れんれん』で第八回柴田錬三郎賞、九八年『みんなの秘密』で第三二回吉川英治文学賞、二〇一三年『アスクレピオスの愛人』で第二〇回島清恋愛文学賞を受賞。主な著書に『葡萄が目にしみる』『不機嫌な果実』『美女入門』『下流の宴』『野心のすすめ』『最高のオバハン 中島ハルコの恋愛相談室』『愉楽にて』などがあり、現代小説、歴史小説、エッセイと、常に鋭い批評性を持った幅広い作風で活躍している。『西郷どん！』が一八年のＮＨＫ大河ドラマ原作に。一八年紫綬褒章受章。二〇年には週刊文春での連載エッセイが、「同一雑誌におけるエッセーの最多掲載回数」としてギネス世界記録に認定。同年菊池寛賞受賞。近著に『小説８０５０』『李王家の縁談』『奇跡』などがある。

皇后《こうごう》は闘《たたか》うことにした

二〇二四年十二月十日　第一刷発行
二〇二五年三月三十日　第三刷発行

著者　林《はやし》　真理《まり》子《こ》
発行者　花田朋子
発行所　株式会社　文藝春秋
〒一〇二-八〇〇八
東京都千代田区紀尾井町三-二三
電話　〇三-三二六五-一二一一

印刷所　ＴＯＰＰＡＮクロレ
製本所　加藤製本
ＤＴＰ　言語社

万一、落丁・乱丁の場合は送料当方負担でお取替えいたします。小社製作部宛、お送りください。
定価はカバーに表示してあります。

ISBN 978-4-16-391923-2